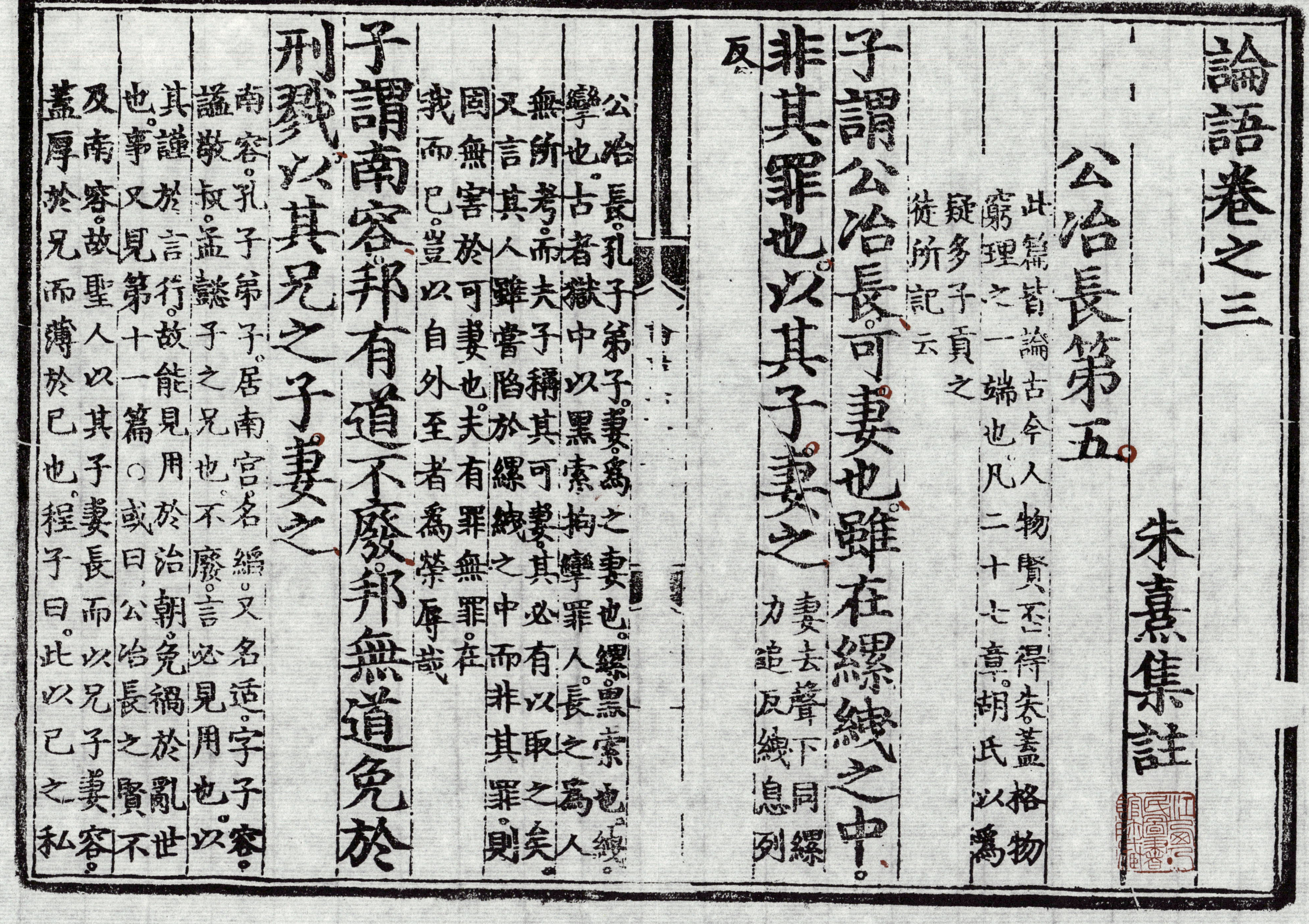

論語卷之三

朱熹集註

公冶長第五

此篇皆論古今人物賢否得失蓋格物窮理之一端也凡二十七章胡氏以為疑多子貢之徒所記云

子謂公冶長可妻也雖在縲絏之中非其罪也以其子妻之

妻去聲下同縲力追反絏息列反

公冶長孔子弟子妻為之妻也縲黑索也絏攣也古者獄中以黑索拘攣罪人長之為人無所考而夫子稱其可妻其必有以取之矣又言其人雖嘗陷於縲絏之中而非其罪則固無害於可妻也夫有罪無罪在我而已豈以自外至者為榮辱哉

子謂南容邦有道不廢邦無道免於刑戮以其兄之子妻之

南容孔子弟子居南宮名縚又名适字子容謚敬叔孟懿子之兄也不廢言必見用也以其謹於言行故能見用於治朝免禍於亂世也事又見第十一篇○或曰公冶長之賢不及南容故聖人以其子妻長而以兄子妻容蓋厚於兄而薄於己也程子曰此以己之私

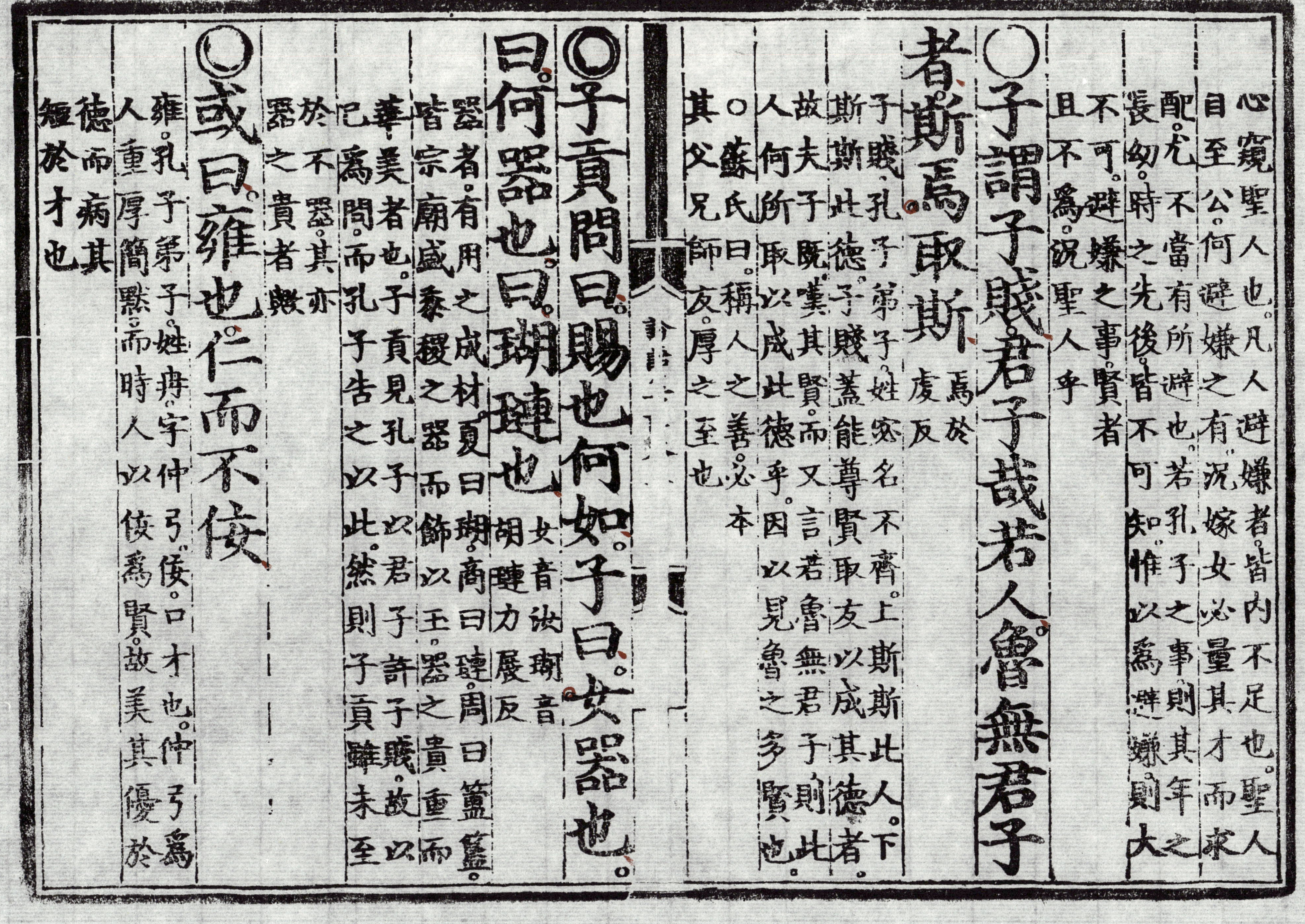

心竊聖人也。凡人避嫌者，皆內不足也。聖人自至公，何避嫌之有。況嫁女必量其才而求配，尤不當有所避也。若孔子之事，則其年之長幼，時之先後，皆不可知。惟以爲避嫌則大不可。避嫌之事，賢者且不爲，況聖人乎。

○子謂子賤，君子哉若人。魯無君子者，斯焉取斯。焉，於虔反。

子賤，孔子弟子，姓宓，名不齊。上斯斯此人，下斯斯此德。子賤蓋能尊賢取友以成其德者。故夫子既嘆其賢，而又言若魯無君子，則此人何所取以成此德乎。因以見魯之多賢也。○蘇氏曰：稱人之善，必本其父兄師友，厚之至也。

○子貢問曰：賜也何如。子曰：女器也。曰：何器也。曰：瑚璉也。女音汝。瑚音胡。璉，力展反。

器者，有用之成材。夏曰瑚，商曰璉，周曰簠簋，皆宗廟盛黍稷之器而飾以玉，器之貴重而華美者也。子貢見孔子以君子許子賤，故以己爲問。而孔子告之以此。然則子貢雖未至於不器，其亦器之貴者歟。

○或曰：雍也仁而不佞。

雍，孔子弟子，姓冉，字仲弓。佞，口才也。仲弓爲人重厚簡默，而時人以佞爲賢，故美其優於德，而病其短於才也。

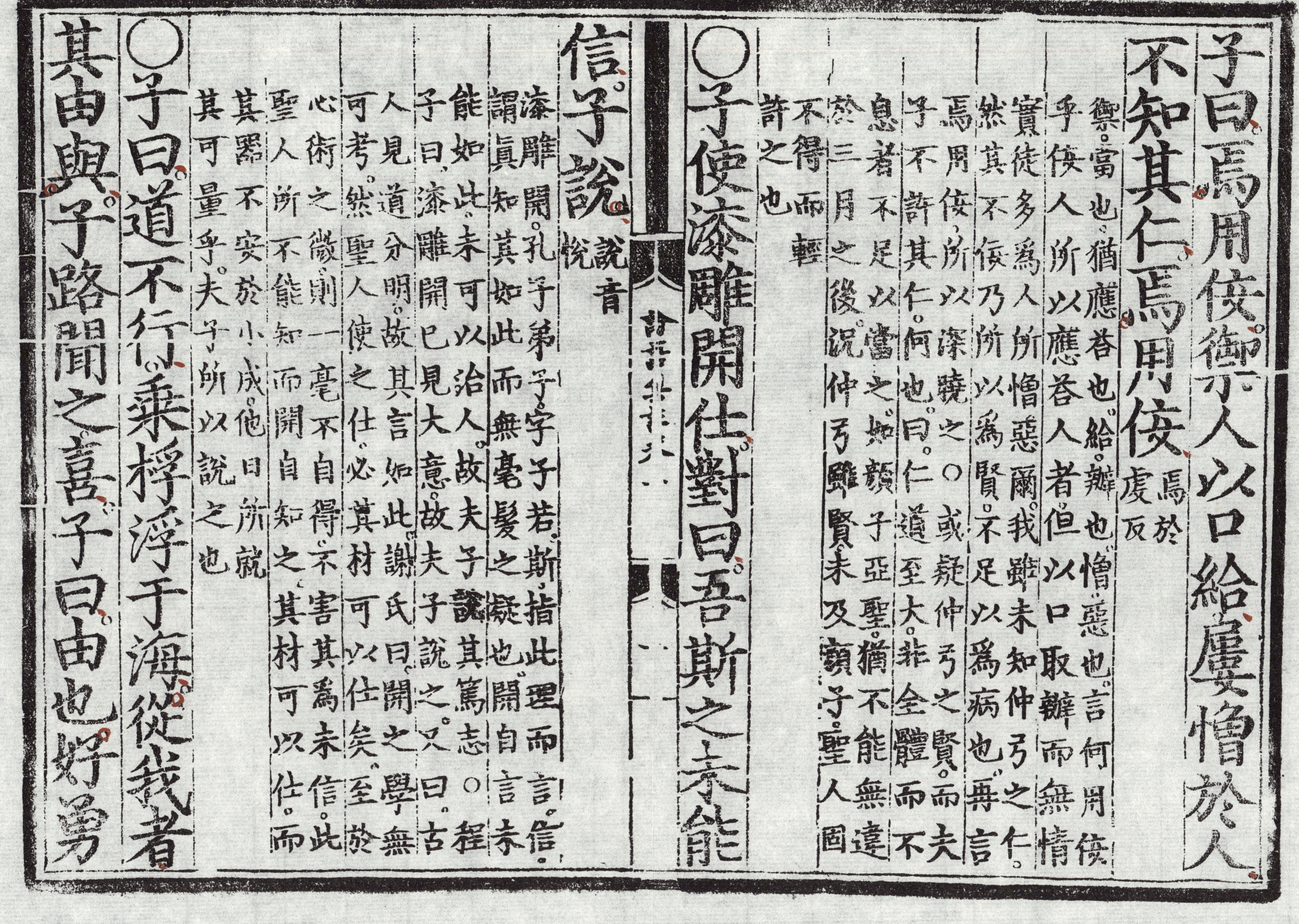

子曰焉用佞禦人以口給屢憎於人不知其仁焉用佞焉於虔反

禦當也猶應荅也給辨也憎惡也言何用佞乎佞人所以應荅人者但以口取辨而無情實徒多為人所憎惡爾我雖未知仲弓之仁然其不佞乃所以為賢不足以為病也再言焉用佞所以深曉之○或疑仲弓之賢而夫子不許其仁何也曰仁道至大非全體而不息者不足以當之如顏子亞聖猶不能無違於三月之後況仲弓雖賢未及顏子聖人固不得而輕許之也

○子使漆雕開仕對曰吾斯之未能信子說說音悅

漆雕開孔子弟子字子若斯指此理而言信謂真知其如此而無毫髮之疑也開自言未能如此未可以治人故夫子說其篤志○程子曰漆雕開已見大意故夫子說之又曰古人見道分明故其言如此謝氏曰開之學無可考然聖人使之仕必其材可以仕矣至於心術之微則一毫不自得不害其為未信此聖人所不能知而開自知之其材可以仕而其器不安於小成他日所就其可量乎夫子所以說之也

○子曰道不行乘桴浮于海從我者其由與子路聞之喜子曰由也好勇

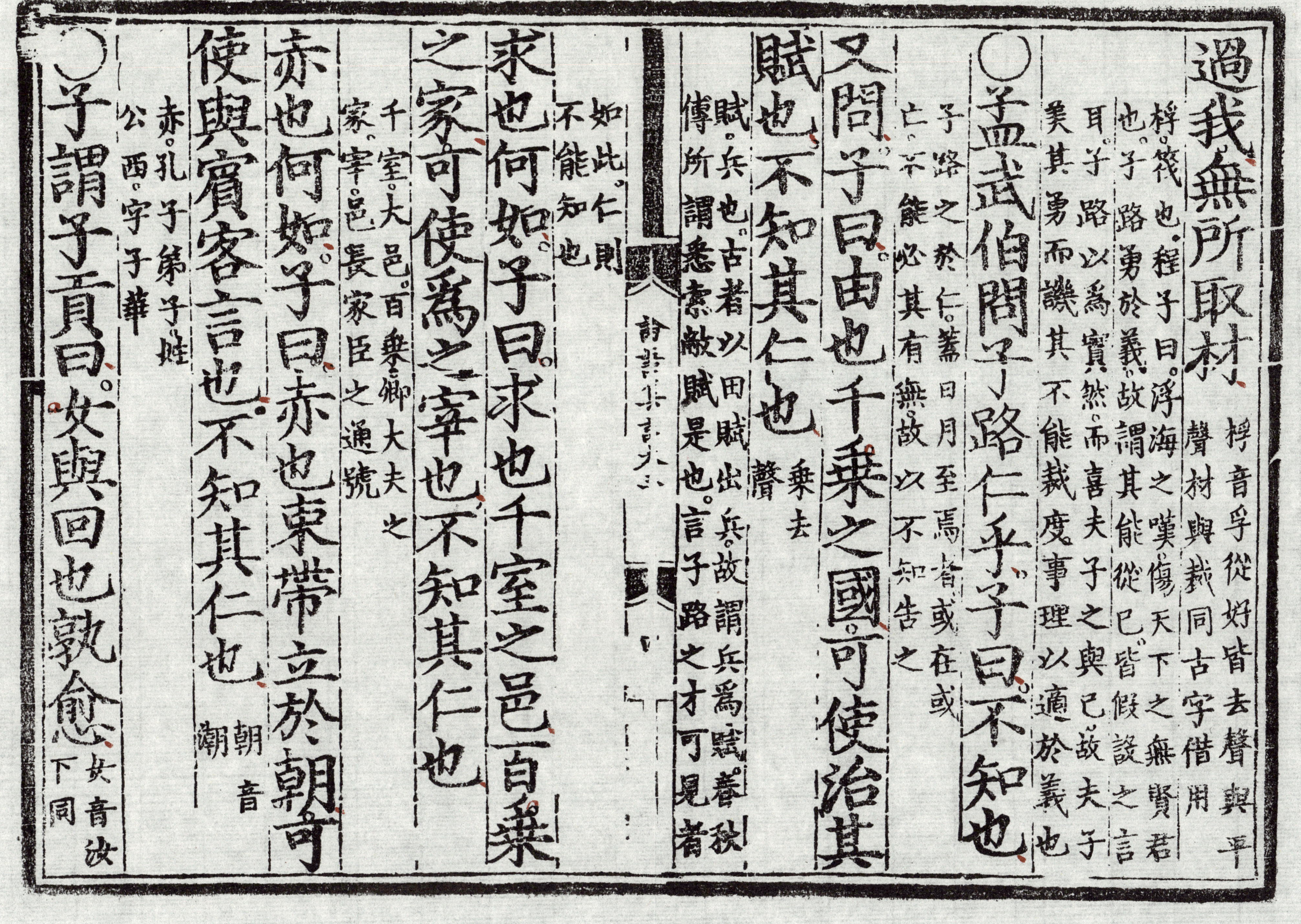

過我無所取材。桴音孚。從好皆去聲。與平聲。材與裁同。古字借用。

桴，筏也。程子曰：浮海之嘆，傷天下之無賢君也。子路勇於義，故謂其能從己，皆假設之言耳。子路以為實然，而喜夫子之與己，故夫子美其勇，而譏其不能裁度事理，以適於義也。

○孟武伯問子路仁乎？子曰：不知也。

子路之於仁，蓋日月至焉者。或在或亡，不能必其有無，故以不知告之。

又問。子曰：由也，千乘之國，可使治其賦也，不知其仁也。乘去聲。

賦，兵也。古者以田賦出兵，故謂兵為賦，春秋傳所謂悉索敝賦是也。言子路之才，可見者

如此，仁則不能知也。

求也何如？子曰：求也，千室之邑，百乘之家，可使為之宰也，不知其仁也。

千室，大邑。百乘，卿大夫之家。宰，邑長家臣之通號。

赤也何如？子曰：赤也，束帶立於朝，可使與賓客言也，不知其仁也。朝音潮。

赤，孔子弟子，姓公西，字子華。

○子謂子貢曰：女與回也孰愈？女音汝。下同。

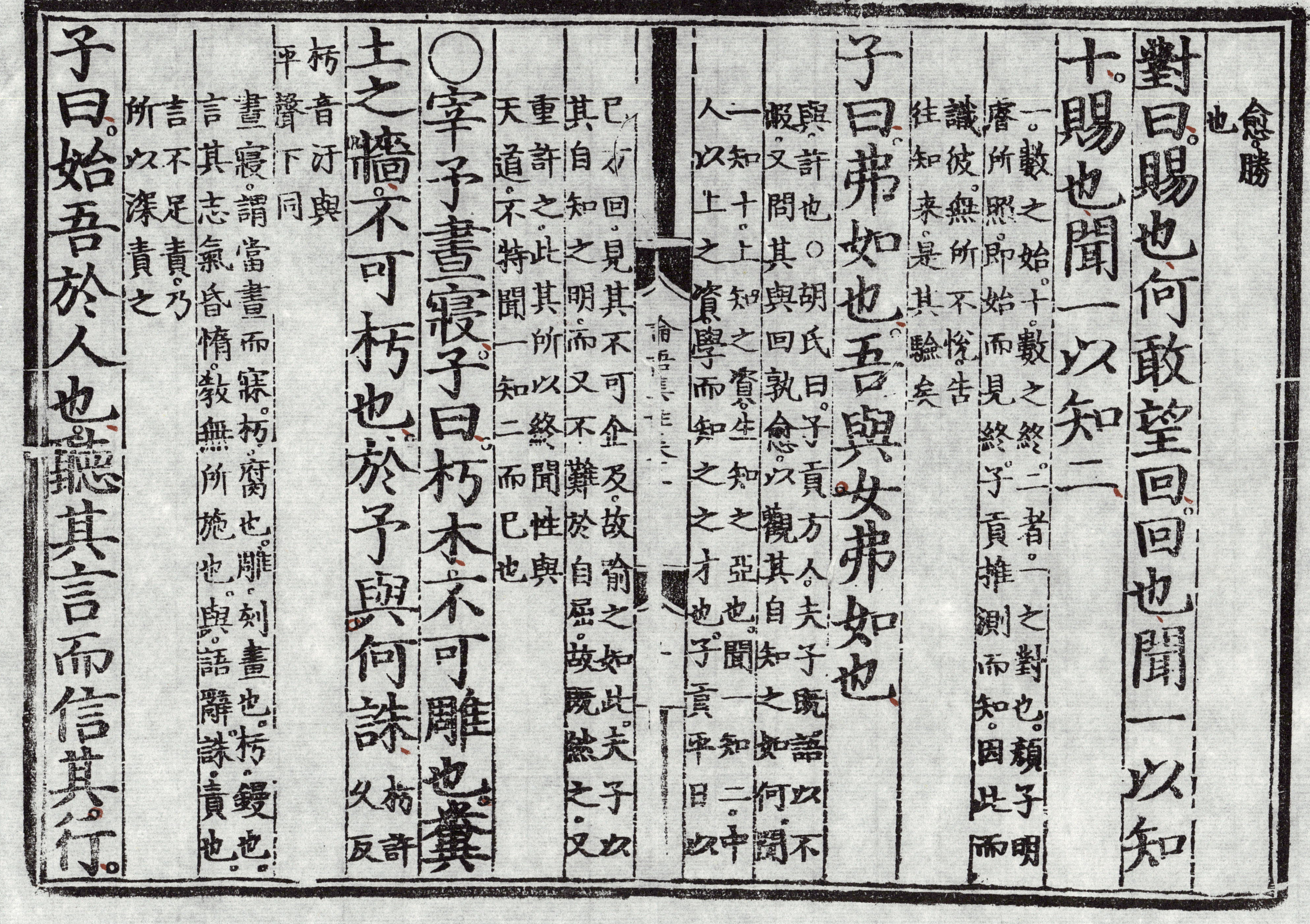

愈勝也

對曰賜也何敢望回回也聞一以知十賜也聞一以知二

一數之始十數之終二者一之對也顔子明睿所照即始而見終子貢推測而知因此而識彼無所不悅告往知來是其驗矣

子曰弗如也吾與女弗如也

與許也○胡氏曰子貢方人夫子既語以不暇又問其與回孰愈以觀其自知之如何聞一知十上知之資生知之亞也聞一知二中人以上之資學而知之之才也子貢平日以己方回見其不可企及故喻之如此夫子以其自知之明而又不難於自屈故既然之又重許之此其所以終聞性與天道不特聞一知二而已也

○宰予晝寢子曰朽木不可雕也糞土之牆不可杇也於予與何誅

朽許久反

杇音汙與平聲下同

晝寢謂當晝而寐朽腐也雕刻畫也杇鏝也言其志氣昏惰教無所施也與語辭誅責也言不足責乃所以深責之

子曰始吾於人也聽其言而信其行

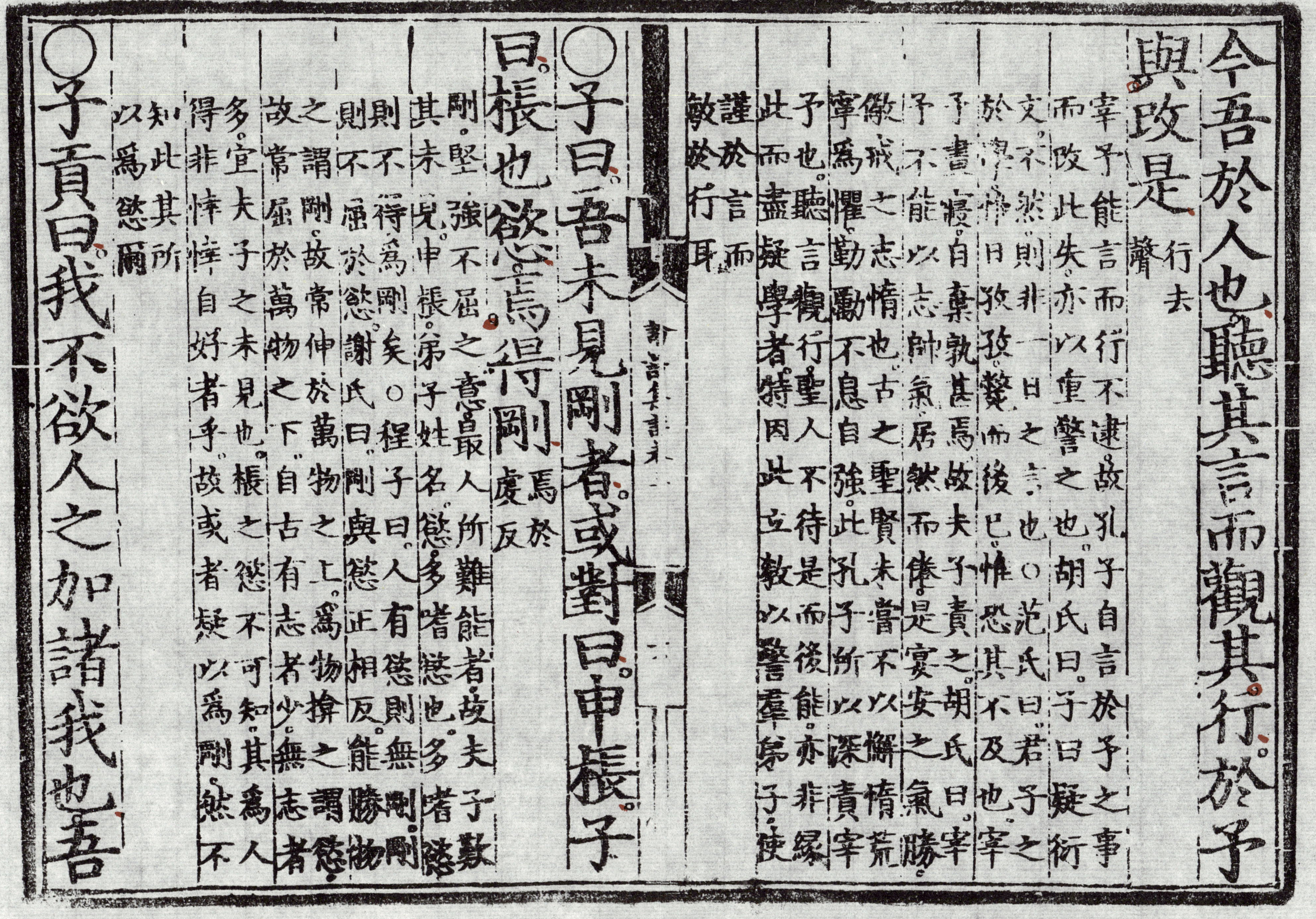

今吾於人也，聽其言而觀其行。於予與改是。行，去聲。

宰予能言而行不逮，故孔子自言於予之事而改此失，亦以重警之也。胡氏曰：「子曰」疑衍文。不然，則非一日之言也。○范氏曰：君子之於學，惟日孜孜，斃而後已，惟恐其不及也。宰予晝寢，自棄孰甚焉，故夫子責之。胡氏曰：宰予不能以志帥氣，居然而倦，是宴安之氣勝，儆戒之志惰也。古之聖賢未嘗不以懈惰荒寧爲懼，勤勵不息自強，此孔子所以深責宰予也。聽言觀行，聖人不待是而後能，亦非緣此而盡疑學者。特因此立教，以警羣弟子，使謹於言而敏於行耳。

○子曰：「吾未見剛者。」或對曰：「申棖。」子曰：「棖也慾，焉得剛？」焉，於虔反。

剛，堅強不屈之意，最人所難能者，故夫子歎其未見。申棖，弟子姓名。慾，多嗜慾也。多嗜慾，則不得爲剛矣。○程子曰：人有慾則無剛，剛則不屈於慾。謝氏曰：剛與慾正相反。能勝物之謂剛，故常伸於萬物之上。爲物揜之謂慾，故常屈於萬物之下。自古有志者少，無志者多，宜夫子之未見也。棖之慾不可知，其爲人得非悻悻自好者乎？故或者疑以爲剛，然不知此其所以爲慾爾。

○子貢曰：「我不欲人之加諸我也，吾

亦欲無加諸人。子曰：賜也，非爾所及也。

子貢言我所不欲人加於我之事，我亦不欲以此加之於人。此仁者之事，不待勉強，故夫子以為非子貢所及。○程子曰：我不欲人之加諸我，吾亦欲無加諸人，仁也。施諸己而不願，亦勿施於人，恕也。恕則子貢或能勉之，仁則非所及矣。愚謂無者自然而然，勿者禁止之謂，此所以為仁恕之別。

○子貢曰：夫子之文章，可得而聞也；夫子之言性與天道，不可得而聞也。

文章，德之見乎外者，威儀文辭皆是也。性者，人所受之天理；天道者，天理自然之本體，其實一理也。言夫子之文章，日見乎外，固學者所共聞；至於性與天道，則夫子罕言之，而學者有不得聞者。蓋聖門教不躐等，子貢至是始得聞之，而歎其美也。○程子曰：此子貢聞夫子之至論而歎美之言也。

○子路有聞，未之能行，唯恐有聞。

前所聞者既未及行，故恐復有所聞而行之不給也。○范氏曰：子路聞善，勇於必行，門人自以為弗及也，故著之。若子路，可謂能用其勇矣。

○子貢問曰：孔文子何以謂之文也？

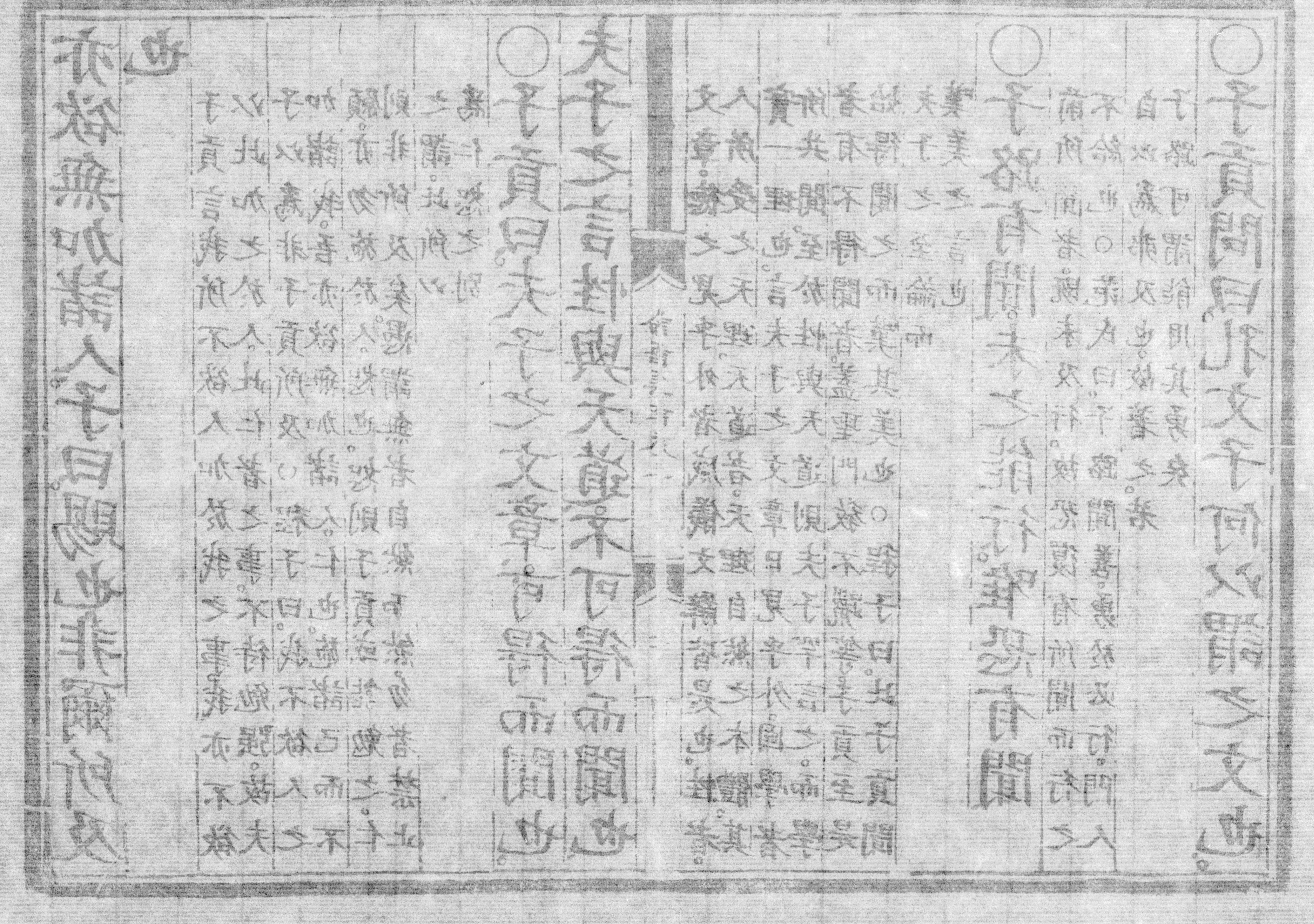

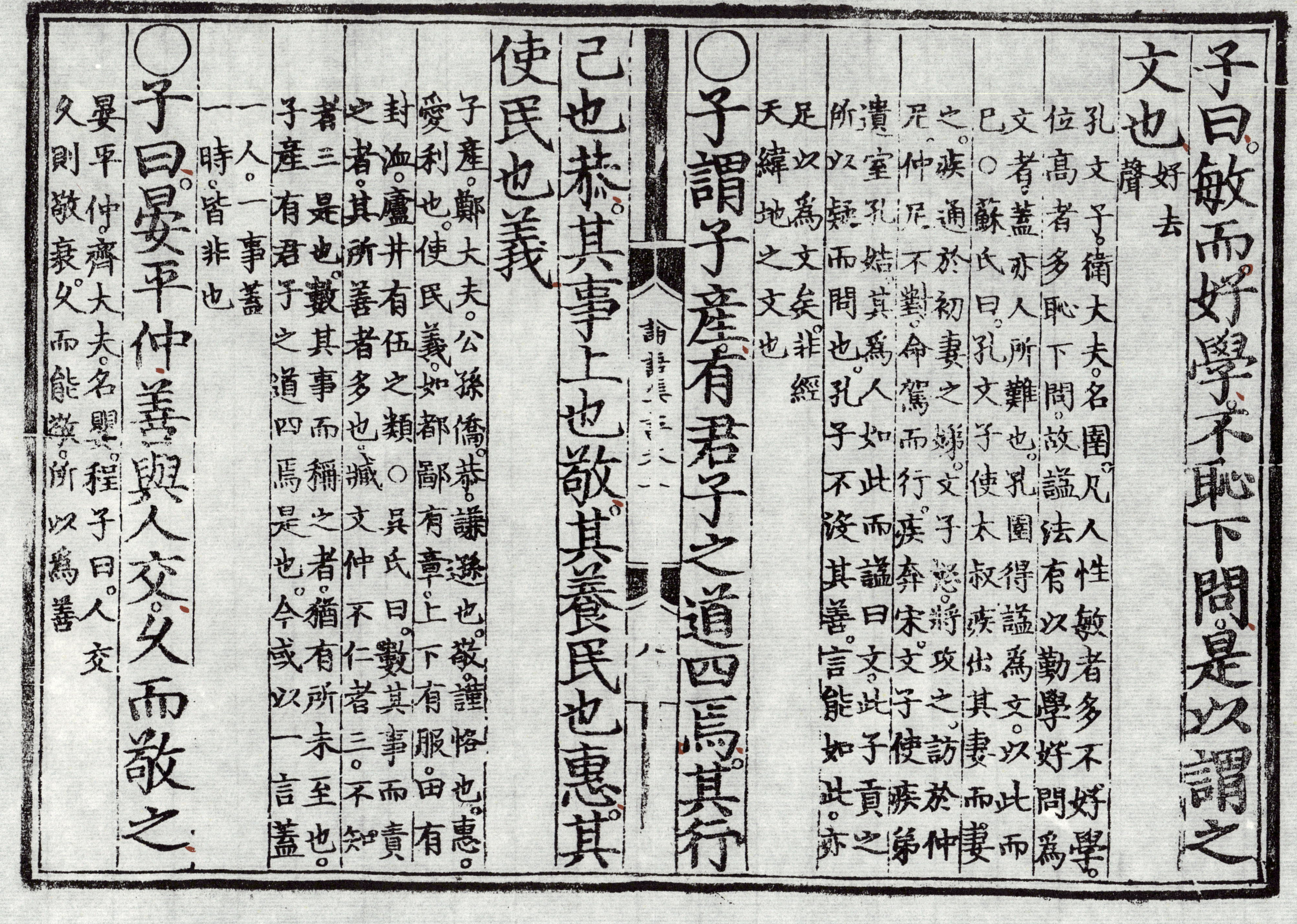

子曰。敏而好學。不恥下問。是以謂之文也。好去聲

孔文子。衛大夫。名圉。凡人性敏者多不好學。位高者多恥下問。故謚法有以勤學好問爲文者。蓋亦人所難也。孔圉得謚爲文。以此而已。○蘇氏曰。孔文子使太叔疾出其妻而妻之。疾通於初妻之娣。文子怒。將攻之。訪於仲尼。仲尼不對。命駕而行。疾奔宋。文子使疾弟遺室孔姞。其爲人如此而謚曰文。此子貢之所以疑而問也。孔子不沒其善。言能如此。亦足以爲文矣。非經天緯地之文也。

○子謂子產。有君子之道四焉。其行己也恭。其事上也敬。其養民也惠。其使民也義。

子產。鄭大夫。公孫僑。恭。謙遜也。敬。謹恪也。惠。愛利也。使民義。如都鄙有章。上下有服。田有封洫。廬井有伍之類。○吳氏曰。數其事而責之者。其所善者多也。臧文仲不仁者三。不知者三。是也。數其事而稱之者。猶有所未至也。子產有君子之道四焉是也。今或以一言蓋一人。一事蓋一時。皆非也。

○子曰。晏平仲善與人交。久而敬之

晏平仲。齊大夫。名嬰。程子曰。人交久則敬衰。久而能敬。所以爲善

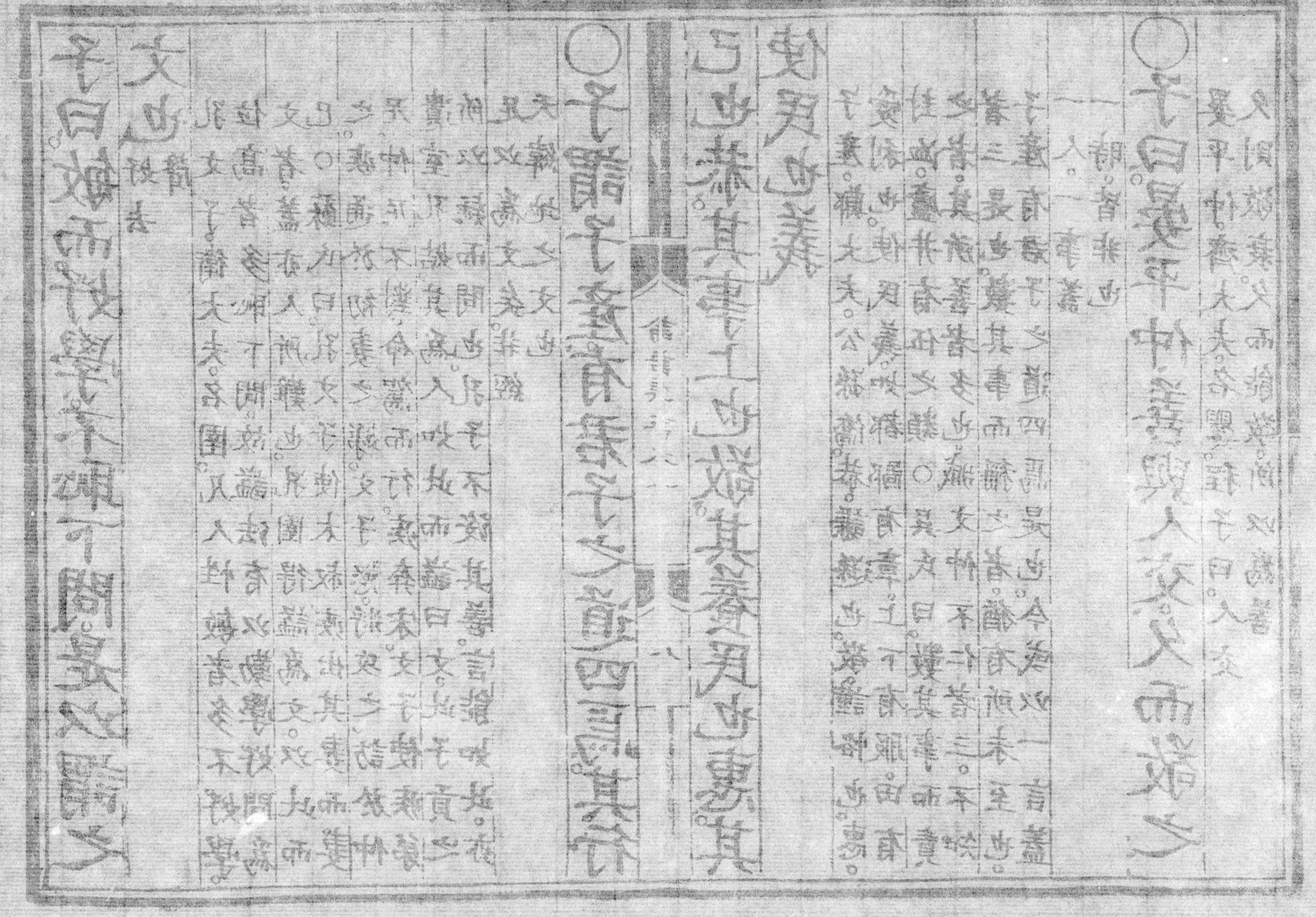

子曰敏而好學不恥下問是以謂之文也

孔文子衛大夫名圉凡人性敏者多不好學位高者多恥下問故謚法有以勤學好問為文者蓋亦人所難也孔圉得謚為文以此而已○蘇氏曰孔文子使太叔疾出其妻而妻之疾通於初妻之娣文子怒將攻之訪於仲尼仲尼不對命駕而行疾奔宋文子使疾弟遺室孔姞其為人如此而謚曰文此子貢之所以疑而問也孔子不沒其善言能如此亦足以為文矣非經天緯地之文也

○子謂子產有君子之道四焉其行己也恭其事上也敬其養民也惠其使民也義

子產鄭大夫公孫僑恭謙遜也敬謹恪也惠愛利也使民義如都鄙有章上下有服田有封洫廬井有伍之類○吳氏曰數其事而責之者其所善者多也臧文仲不仁者三不知者三是也數其事而稱之者猶有所未至也子產有君子之道四焉是也今或以一言蓋一人一事蓋一時皆非也

○子曰晏平仲善與人交久而敬之

晏平仲齊大夫名嬰程子曰人交久則敬衰久而能敬所以為善

子也違之何如子曰清矣曰仁矣乎曰未知焉得仁乘去聲

崔子齊大夫名杼齊君莊公名光陳文子亦齊大夫名須無十乘四十匹也違去也文子潔身去亂可謂清矣然未知其心果見義理之當然而能脫然無所累乎抑不得已於利害之私而猶未免於怨悔也故夫子特許其清而不許其仁○愚聞之師曰當理而無私心則仁矣今以是而觀二子之事雖其制行之高若不可及然皆未有以見其必當於理而真無私心也子張未識仁體而悅於苟難遂以小者信其大者夫子之不許也宜哉讀者於此更以上章不知其仁後篇仁則吾不知之語幷與三仁夷齊之事觀之則彼此交

盡而仁之為義可識矣今以他書考之子文之相楚所謀者無非僭王猾夏之事文子之仕齊既失正君討賊之義又不數歲而復反於齊焉則其不仁亦可見矣

○季文子三思而後行子聞之曰再斯可矣三去聲

季文子魯大夫名行父每事必三思而後行若使晉而求遭喪之禮以行亦其一事也斯語詞程子曰為惡之人未嘗知有思有思則為善矣然至於再則已審三則私意起而反惑矣故夫子譏之○愚按季文子慮事如此可謂詳審而宜無過舉矣而宣公篡立文子乃不能討反為之使齊而納賂焉豈非程子所謂私意起而反惑之驗歟是以君子務窮

○子曰臧文仲居蔡山節藻棁何如其知也棁章悅反知去聲

臧文仲魯大夫臧孫氏名辰居猶藏也蔡大龜也節柱頭斗栱也藻水草名棁梁上短柱也蓋為藏龜之室而刻山於節畫藻於棁也當時以文仲為知孔子言其不務民義而諂瀆鬼神如此安得為知春秋傳所謂作虛器即此事也○張子曰山節藻棁為藏龜之室祀爰居之義同歸於不知宜矣

○子張問曰令尹子文三仕為令尹無喜色三已之無慍色舊令尹之政必以告新令尹何如子曰忠矣曰仁矣乎曰未知焉得仁知如字焉於虔反

令尹官名楚上卿執政者也子文姓鬬名穀於菟其為人也喜怒不形物我無間知有其國而不知有其身其忠盛矣故子張疑其仁然其所以三仕三已而告新令尹者未知其皆出於天理而無人欲之私也是以夫子但許其忠而未許其仁也

崔子弑齊君陳文子有馬十乘棄而違之至於他邦則曰猶吾大夫崔子也違之之一邦則又曰猶吾大夫崔

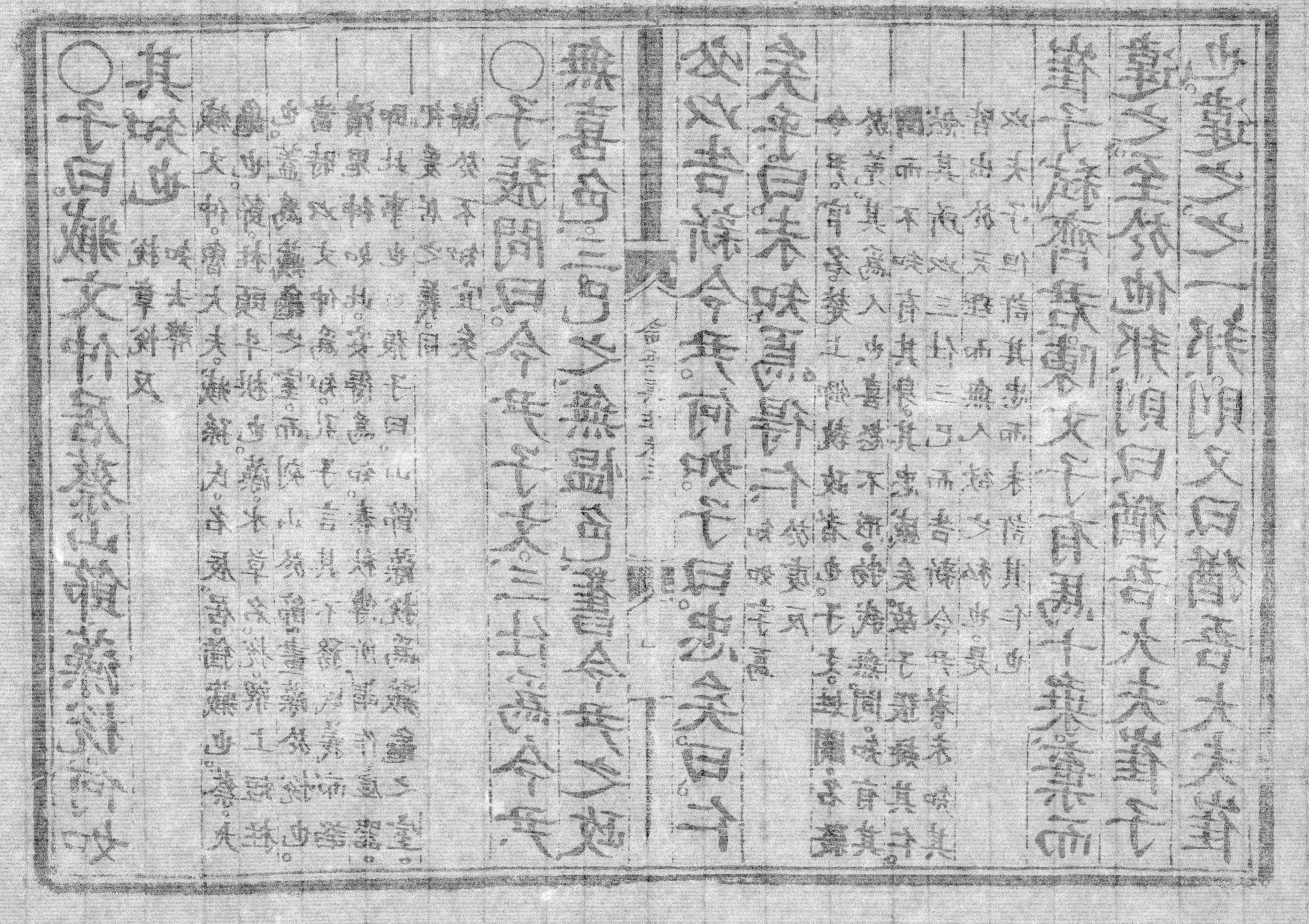

○子曰：臧文仲居蔡，山節藻梲，何如其知也？梲，章悅反。知，去聲。

臧文仲，魯大夫臧孫氏，名辰。居，猶藏也。蔡，大龜也。節，柱頭斗栱也。藻，水草名。梲，梁上短柱也。蓋為藏龜之室，而刻山於節、畫藻於梲也。當時以文仲為知，孔子言其不務民義，而諂瀆鬼神如此，安得為知？春秋傳所謂作虛器，即此事也。○張子曰：山節藻梲為藏龜之室，祀爰居之義，同歸於不知宜矣。

○子張問曰：令尹子文三仕為令尹，無喜色；三已之，無慍色。舊令尹之政，必以告新令尹。何如？子曰：忠矣。曰：仁矣乎？曰：未知，焉得仁？知，如字。焉，於虔反。

令尹，官名，楚上卿執政者也。子文，姓鬭，名穀於菟。其為人，喜怒不形，物我無間，知有其國而不知有其身，其忠盛矣，故子張疑其仁。然其所以三仕三已而告新令尹者，未知其皆出於天理而無人欲之私也，是以夫子但許其忠，而未許其仁也。

崔子弒齊君，陳文子有馬十乘，棄而違之。至於他邦，則曰：猶吾大夫崔子也。違之。之一邦，則又曰：猶吾大夫崔子也。違之。

理而貴果斷。不徒多思之爲尚

○子曰。甯武子。邦有道則知。邦無道則愚。其知可及也。其愚不可及也。知去聲

甯武子。衛大夫。名俞。按春秋傳武子仕衛。當文公成公之時。文公有道。而武子無事可見。此其知之可及也。成公無道。至於失國。而武子周旋其間。盡心竭力。不避艱險。凡其所處。皆智巧之士所深避而不肯爲者。而能卒保其身以濟其君。此其愚之不可及也。○程子曰。邦無道能沈晦以免患。故曰不可及也。亦有不當愚者。比干是也。

○子在陳曰。歸與歸與。吾黨之小子

狂簡。斐然成章。不知所以裁之。與平聲斐音匪

此孔子周流四方。道不行而思歸之歎也。吾黨小子。指門人之在魯者。狂簡。志大而略於事也。斐。文貌。成章。言其文理成就。有可觀者。裁。割正也。夫子初心欲行其道於天下。至是而知其終不用也。於是始欲成就後學。以傳道於來世。又不得中行之士而思其次。以爲狂士志意高遠。猶或可與進於道也。但恐其過中失正而或陷於異端耳。故欲歸而裁之也。

○子曰。伯夷叔齊。不念舊惡。怨是用希。

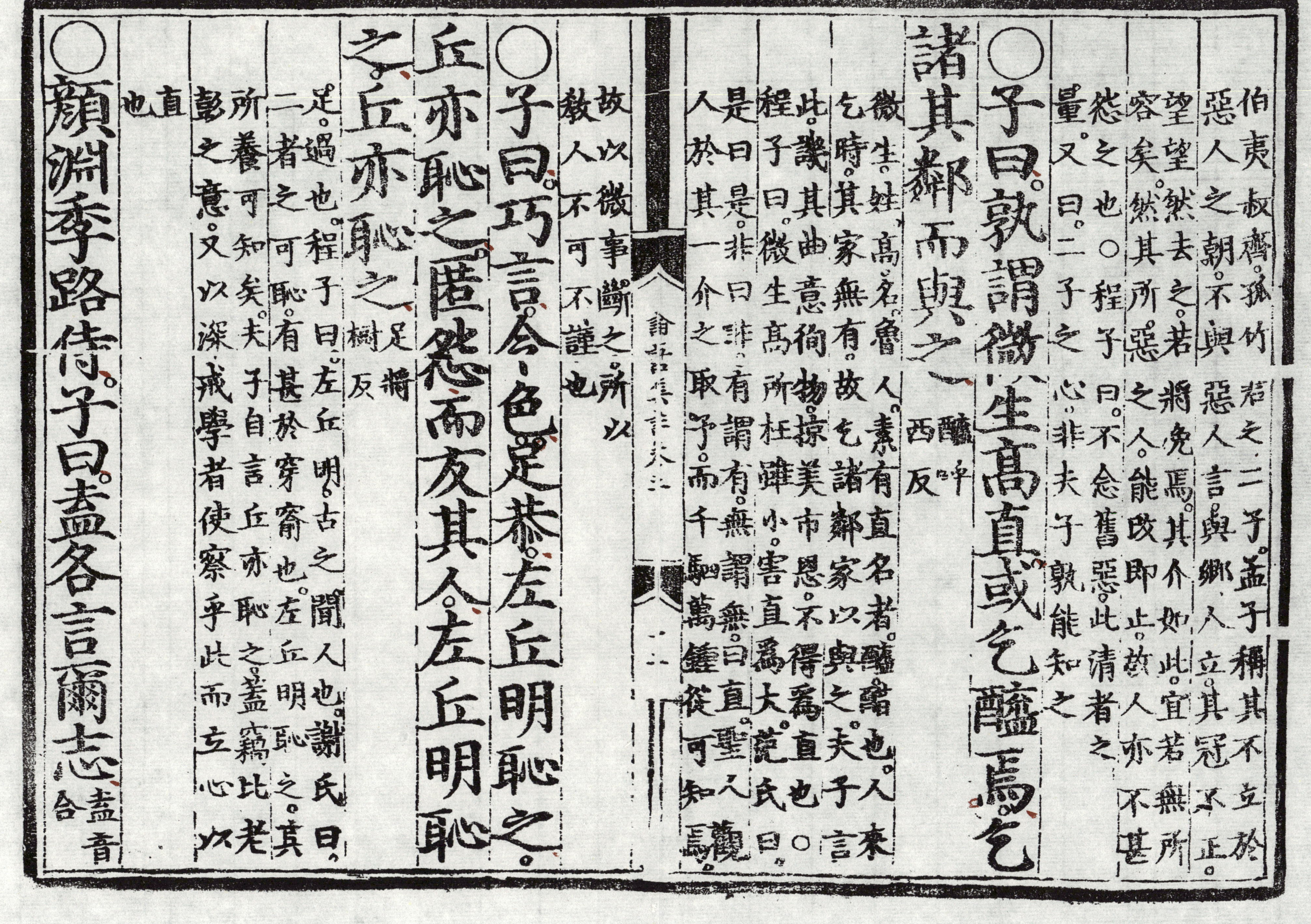

伯夷叔齊孤竹君之二子。孟子稱其不立於惡人之朝，不與惡人言。與鄉人立，其冠不正，望望然去之，若將浼焉。其介如此，宜若無所容矣。然其所惡之人，能改即止，故人亦不甚怨之也。○程子曰：不念舊惡，此清者之量。又曰：二子之心，非夫子孰能知之。

○子曰：孰謂微生高直？或乞醯焉，乞諸其鄰而與之。醯，呼西反。

微生，姓，高，名，魯人。素有直名者。醯，醋也。人來乞時，其家無有，故乞諸鄰家以與之。夫子言此，譏其曲意徇物，掠美市恩，不得為直也。○程子曰：微生高所枉雖小，害直為大。范氏曰：是曰是，非曰非，有謂有，無謂無，曰直。聖人觀人於其一介之取予，而千駟萬鍾從可知焉。

故以微事斷之，所以教人不可不謹也。

○子曰：巧言、令色、足恭，左丘明恥之，丘亦恥之。匿怨而友其人，左丘明恥之，丘亦恥之。足，將樹反。

足，過也。程子曰：左丘明，古之聞人也。謝氏曰：二者之可恥，有甚於穿窬也。左丘明恥之，其所養可知矣。夫子自言丘亦恥之，蓋竊比老彭之意。又以深戒學者，使察乎此而立心以直也。

○顏淵季路侍。子曰：盍各言爾志？盍，音合。

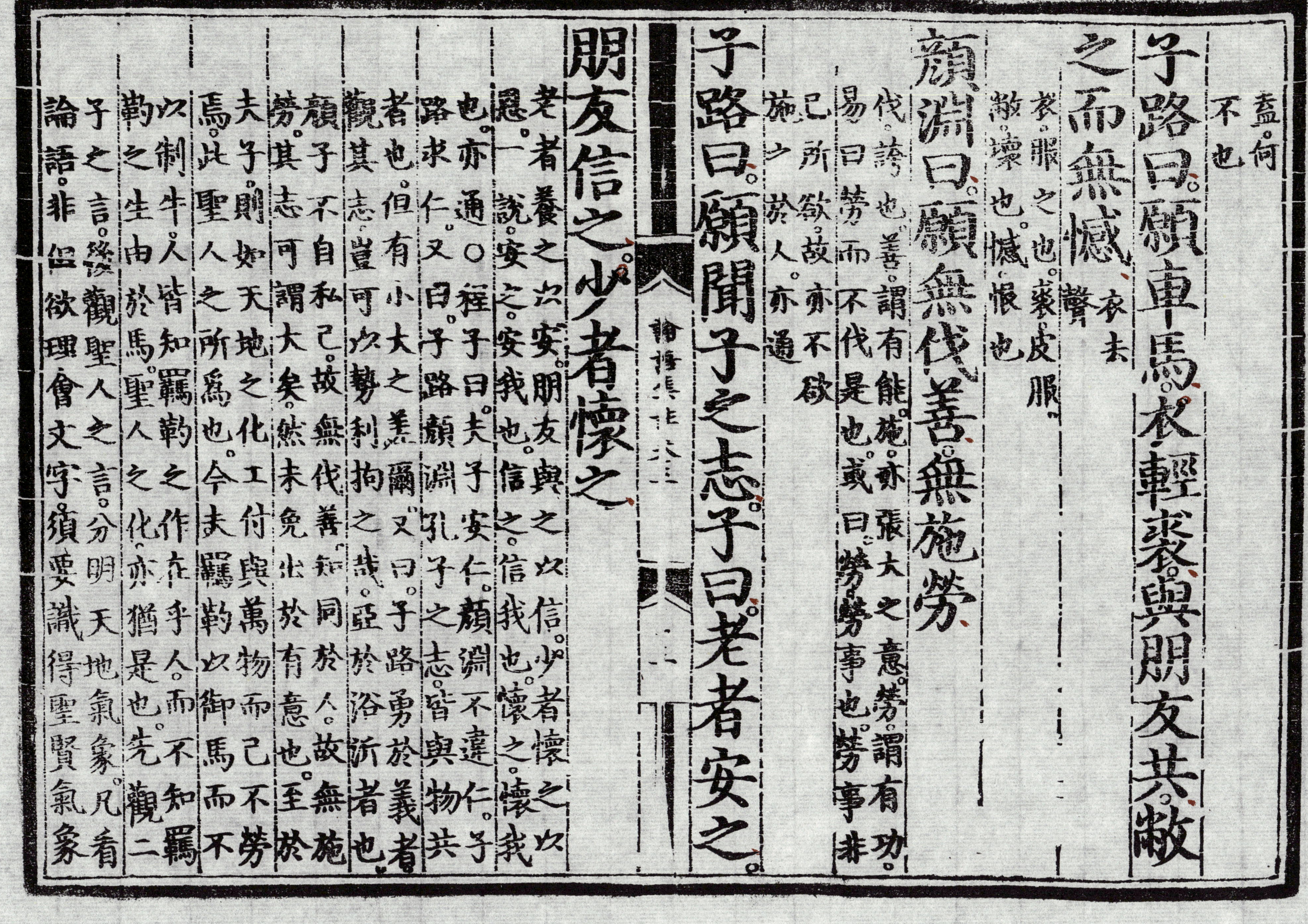

盍，何不也。

子路曰：「願車馬衣輕裘，與朋友共，敝之而無憾。」衣，去聲。

衣，服之也。裘，皮服。敝，壞也。憾，恨也。

顔淵曰：「願無伐善，無施勞。」

伐，誇也。善，謂有能。施，亦張大之意。勞，謂有功。易曰「勞而不伐」是也。或曰：勞，勞事也。勞事非己所欲，故亦不欲施之於人。亦通。

子路曰：「願聞子之志。」子曰：「老者安之，朋友信之，少者懷之。」

老者養之以安，朋友與之以信，少者懷之以恩。一說：安之，安我也；信之，信我也；懷之，懷我也。亦通。○程子曰：「夫子安仁，顔淵不違仁，子路求仁。」又曰：「子路、顔淵、孔子之志，皆與物共者也，但有小大之差爾。」又曰：「子路勇於義者，觀其志，豈可以勢利拘之哉？亞於浴沂者也。顔子不自私己，故無伐善；知同於人，故無施勞。其志可謂大矣，然未免出於有意也。至於夫子，則如天地之化工，付與萬物而己不勞焉，此聖人之所爲也。今夫羈靮以御馬而不以制牛，人皆知羈靮之作在乎人，而不知羈靮之生由於馬，聖人之化，亦猶是也。先觀二子之言，後觀聖人之言，分明天地氣象。凡看論語，非但欲理會文字，須要識得聖賢氣象。」

○子曰已矣乎吾未見能見其過而內自訟者也

已矣乎者恐其終不得見而歎之也內自訟者口不言而心自咎也人有過而能自知者鮮矣知過而能內自訟者爲尤鮮能內自訟則其悔悟深切而能改必矣夫子自恐終不得見而歎之其警學者深矣

○子曰十室之邑必有忠信如丘者焉不如丘之好學也

焉如字屬上句好去聲

十室小邑也忠信如聖人生質之美者也夫子生知而未嘗不好學故言此以勉人言美質易得至道難聞學之至則可以爲聖人不學則不免爲鄉人而已可不勉哉

雍也第六

凡二十八章篇內第十四章以前大意與前篇同

子曰雍也可使南面

南面者人君聽治之位言仲弓寬洪簡重有人君之度也

仲弓問子桑伯子子曰可也簡

子桑伯子魯人胡氏以爲疑即莊周所稱子桑戶者是也仲弓以夫子許己南面故問伯子如何可者僅可而有所未盡之辭簡者不煩之謂

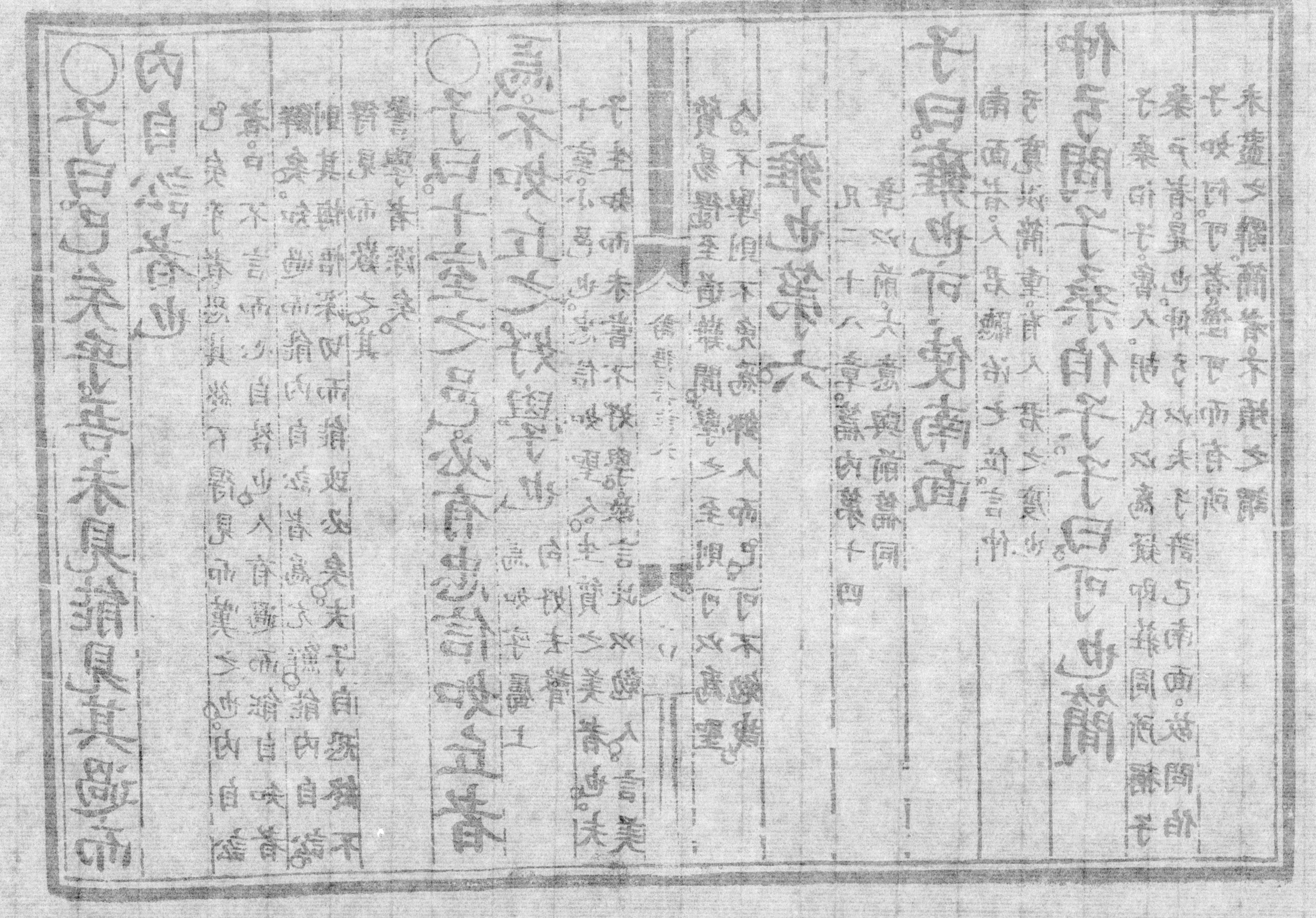

子曰：已矣乎！吾未見能見其過而內自訟者也。

已矣乎者，恐其終不得見而歎之也。內自訟者，口不言而心自咎也。人有過而能自知者鮮矣，知過而能內自訟者為尤鮮。能內自訟，則其悔悟深切而能改必矣。夫子自恐終不得見而歎之，其警學者深矣。

○子曰：十室之邑，必有忠信如丘者焉，不如丘之好學也。

十室，小邑也。忠信如聖人，生質之美者也。夫子生知而未嘗不好學，故言此以勉人。言美質易得，至道難聞，學之至則可以為聖人，不學則不免為鄉人而已。可不勉哉？

雍也第六

凡二十八章。篇內第十四章以前，大意與前篇同。

子曰：雍也可使南面。

南面者，人君聽治之位。言仲弓寬洪簡重，有人君之度也。

仲弓問子桑伯子。子曰：可也簡。

子桑伯子，魯人。胡氏以為疑即莊周所稱子桑戶者是也。仲弓以夫子許己南面，故問伯子如何。可者，僅可而有所未盡之辭。簡者，不煩之謂。

仲弓曰居敬而行簡以臨其民不亦可乎居簡而行簡無乃大簡乎大音泰

言自處以敬則中有主而自治嚴如是而行簡以臨民則事不煩而民不擾所以爲可若先自處以簡則中無主而自治踈矣而所行又簡豈不失之大簡而無法度之可守乎家語記伯子不衣冠而處夫子譏其欲同人道於牛馬然則伯子蓋大簡者而仲弓疑夫子之過許與

子曰雍之言然

仲弓蓋未喻夫子可字之意而其所言之理有黙契焉者故夫子然之○程子曰子桑伯子之簡雖可取而未盡善故夫子云可也仲弓因言內主於敬而簡則爲要直內存乎簡而簡則爲踈略可謂得其旨矣又曰居敬則心中無物故所行自簡居簡則先有心於簡而多一簡字矣故曰大簡

○哀公問弟子孰爲好學孔子對曰有顏回者好學不遷怒不貳過不幸短命死矣今也則亡未聞好學者也

好去聲亡與無同

遷移也貳復也怒於甲者不移於乙過於前者不復於後顏子克己之功至於如此可謂

真好學矣。短命者，顏子三十二而卒也。既云今也則亡，又言未聞好學者，蓋深惜之，又以見真好學者之難得也。○程子曰：顏子之怒在物不在己，故不遷。有不善未嘗不知，知之未嘗復行，不貳過也。又曰：喜怒在事，則理之當喜怒者也，不在血氣則不遷。若舜之誅四凶也，可怒在彼，己何與焉。如鑑之照物，妍媸在彼，隨物應之而已，何遷之有。又曰：如顏子地位，豈有不善。所謂不善，只是微有差失。才差失，便能知之，才知之，便更不萌作。張子曰：慊於己者，不使萌於再。或曰：詩書六藝，七十子非不習而通也，而夫子獨稱顏子為好學。顏子之所好，果何學歟？程子曰：學以至乎聖人之道也。學之道奈何？曰：天地儲精，得五行之秀者為人。其本也真而靜，其未發也五性具焉，曰仁、義、禮、智、信。形既生矣，外物觸其形

而動於中矣。其中動而七情出焉，曰喜、怒、哀、懼、愛、惡、欲。情既熾而益蕩，其性鑿矣。故覺者約其情使合於中，正其心，養其性而已。然必先明諸心，知所往，然後力行以求至焉。若顏子之非禮勿視聽言動，不遷怒貳過者，則其好之篤而學之得其道也。然其未至於聖人者，守之也，非化之也。假之以年，則不日而化矣。今人乃謂聖本生知，非學可至，而所以為學者，不過記誦文辭之間，其亦異乎顏子之學矣。

○子華使於齊，冉子為其母請粟。子曰：與之釜。請益。曰：與之庾。冉子與之粟五秉。使、為，並去聲。

○子華使於齊冉子為其母請粟子曰與之釜請益曰與之庾冉子與之粟五秉

子華公西赤也。使。爲孔子使也。釜。六斗四升。庾。十六斗。秉。十六斛。

子曰。赤之適齊也。乘肥馬。衣輕裘。吾聞之也。君子周急不繼富。衣去聲

乘肥馬。衣輕裘。言其富也。急。窮迫也。周者。補不足。繼者。續有餘。

原思爲之宰。與之粟九百。辭。

原思。孔子弟子。名憲。孔子爲魯司寇時。以思爲宰。粟。宰之祿也。九百。不言其量。不可考。

子曰。毋。以與爾鄰里鄉黨乎。

毋。禁止辭。五家爲鄰。二十五家爲里。萬二千五百家爲鄉。五百家爲黨。言常祿不當辭。有餘自可推之以周貧乏。蓋鄰里鄉黨有相周之義。○程子曰。夫子之使子華。子華之爲夫子使。義也。而冉有乃爲之請。聖人寬容。不欲直拒人。故與之少。所以示不當與也。請益而與之亦少。所以示不當益也。求未達而自與之多。則已過矣。故夫子非之。蓋赤苟至乏。則夫子必自周之。不待請矣。原思爲宰。則有常祿。思辭其多。故又教以分諸鄰里之貧者。蓋亦莫非義也。張子曰。於斯二者。可見聖人之用財矣。

○子謂仲弓曰。犁牛之子。騂且角。雖欲勿用。山川其舍諸。犁。利之反。騂。息營反。舍。上聲

犁。雜文。騂。赤色。周人尚赤。牲用騂。角。角周正。中犧牲也。用。用以祭也。山川。山川之神也。言

子華，公西赤也。使，為孔子使也。釜，六斗四升。庾，十六斗。秉，十六斛。

子曰：「赤之適齊也，乘肥馬，衣輕裘。吾聞之也：君子周急不繼富。」

乘肥馬，衣輕裘，言其富也。急，窮迫也。周者，補不足。繼者，續有餘。

原思為之宰，與之粟九百，辭。

原思，孔子弟子，名憲。孔子為魯司寇時，以思為宰。粟，宰之祿也。九百，不言其量，不可考。

子曰：「毋！以與爾鄰里鄉黨乎！」

毋，禁止辭。五家為鄰，二十五家為里，萬二千五百家為鄉，五百家為黨。言常祿不當辭，有餘自可推之以周貧乏，蓋鄰、里、鄉、黨有相周之義。程子曰：「夫子之使子華，子華之為夫子使，義也。而冉子乃為之請。聖人寬容，不欲直拒人。故與之少，所以示不當與也。請益而與之亦少，所以示不當益也。求未達而自與之多，則己過矣，故夫子非之。蓋赤苟至乏，則夫子必自周之，不待請矣。原思為宰，則有常祿。思辭其多，故又教以分諸鄰里之貧者，蓋亦莫非義也。」張子曰：「於斯二者，可見聖人之用財矣。」

○子謂仲弓曰：「犁牛之子騂且角，雖欲勿用，山川其舍諸？」

犁，雜文。騂，赤色。周人尚赤，牲用騂。角，角周正，中犧牲也。用，用以祭也。山川，山川之神也。言人雖不用，神必不舍也。

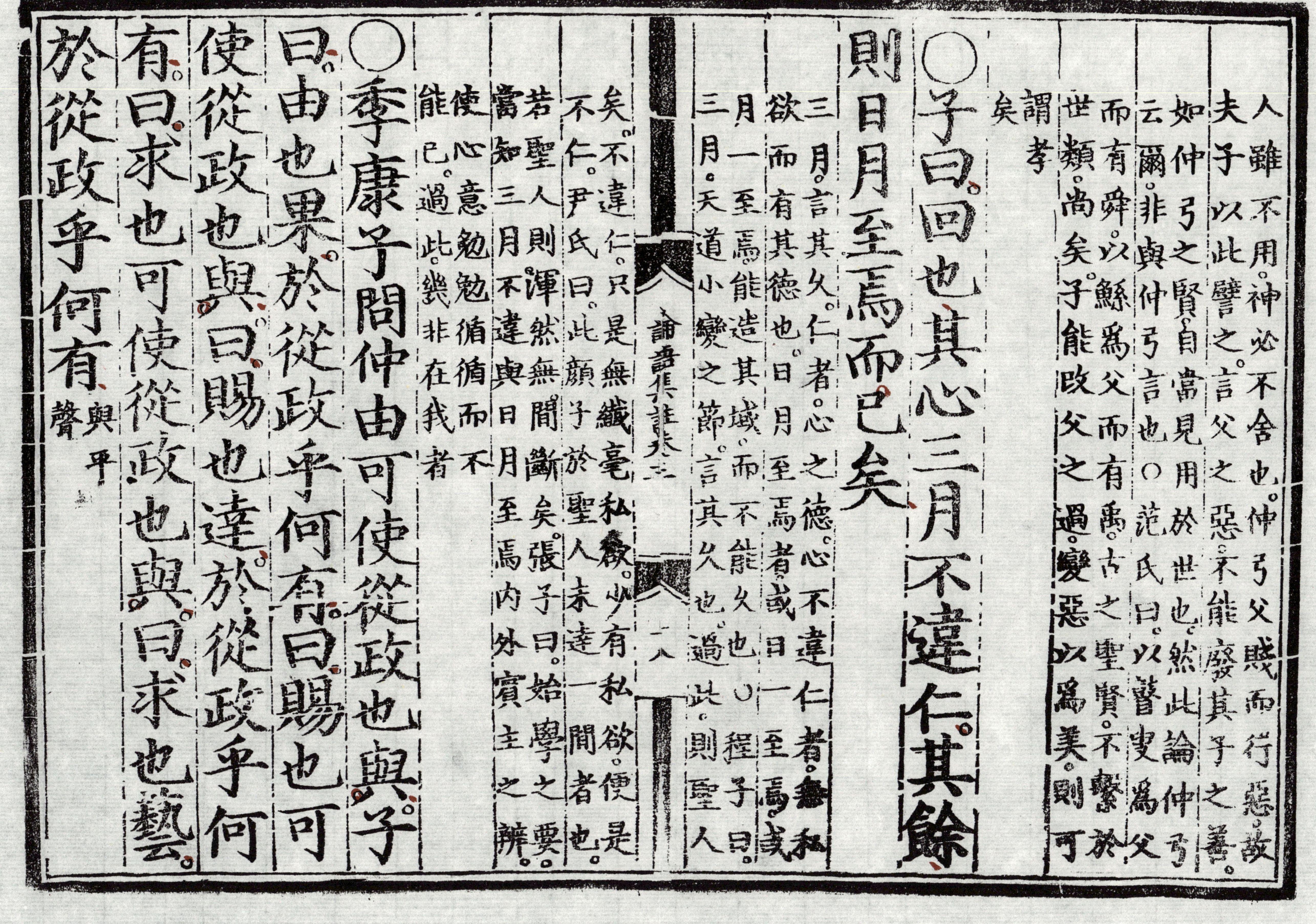

人雖不用神必不舍也仲弓父賤而行惡故夫子以此譬之言父之惡不能廢其子之善如仲弓之賢自當見用於世也然此論仲弓云爾非與仲弓言也○范氏曰以瞽瞍爲父而有舜以鯀爲父而有禹古之聖賢不係於世類尚矣子能改父之過變惡以爲美則可謂孝矣

○子曰回也其心三月不違仁其餘則日月至焉而已矣

三月言其久仁者心之德心不違仁者無私欲而有其德也日月至焉者或日一至焉或月一至焉能造其域而不能久也○程子曰三月天道小變之節言其久也過此則聖人矣不違仁只是無纖毫私欲少有私欲便是不仁尹氏曰此顏子於聖人未達一間者也若聖人則渾然無間斷矣張子曰始學之要當知三月不違與日月至焉內外賓主之辨使心意勉勉循循而不能已過此幾非在我者

○季康子問仲由可使從政也與子曰由也果於從政乎何有曰賜也可使從政也與曰賜也達於從政乎何有曰求也可使從政也與曰求也藝於從政乎何有與平聲

從政。謂爲大夫。果。有決斷。達。通事理。藝。多才
能。○程子曰。季康子問三子之才可以從政
乎。夫子答以各有所長。非惟三子。
人各有所長。能取其長。皆可用也

○季氏使閔子騫爲費宰。閔子騫曰。
善爲我辭焉。如有復我者。則吾必在
汶上矣。費音祕。爲去聲。復扶又反。汶音問

閔子騫。孔子弟子。名損。費。季氏邑。汶。水名。在
齊南魯北竟上。閔子不欲臣季氏。令使者善
爲己辭。言若再來召我。則當去之齊。○程子
曰。仲尼之門。能不仕大夫之家者。閔子曾子
數人而已。謝氏曰。學者能少知內外之分。皆
可以樂道而忘人之勢。況閔子得聖人爲之

依歸。彼其視季氏不義之富貴。不啻犬彘。又
從而臣之。豈其心哉。在聖人則有不然者。蓋
居亂邦見惡人。在聖人則可。自聖人以下。剛
則必取禍。柔則必取辱。閔子豈不能早見而
豫待之乎。如由也不得其死。求也爲季氏附
益。夫豈其本心哉。蓋既無先見之知。又無克
亂之才故也。然
則閔子其賢乎

○伯牛有疾。子問之。自牖執其手。曰。
亡之。命矣夫。斯人也而有斯疾也。斯
人也而有斯疾也。夫音扶

伯牛。孔子弟子。姓冉。名耕。有疾。先儒以爲癩
也。牖。南牖也。禮。病者居北牖下。君視之。則遷

於南牖下。使君得以南面視己。時伯牛家以此禮尊孔子。孔子不敢當。故不入其室而自牖執其手。蓋與之永訣也。命。謂天命。言此人不應有此疾。而今乃有之。是乃天之所命也。然則非其不能謹疾而有以致之。亦可見矣○侯氏曰。伯牛以德行稱。亞於顏閔。故其將死也。孔子尤痛惜之

○子曰。賢哉回也。一簞食。一瓢飲。在陋巷。人不堪其憂。回也不改其樂。賢哉回也。食音嗣樂音洛

簞。竹器。食。飯也。瓢。瓠也。顏子之貧如此。而處之泰然。不以害其樂。故夫子再言賢哉回也。

以深歎美之。○程子曰。顏子之樂。非樂簞瓢陋巷也。不以貧窶累其心而改其所樂也。故夫子稱其賢。又曰。簞瓢陋巷非可樂。蓋自有其樂爾。其字當玩味。自有深意。又曰。昔受學於周茂叔。每令尋仲尼顏子樂處所樂何事。愚按程子之言。引而不發。蓋欲學者深思而自得之。今亦不敢妄為之說。學者但當從事於博文約禮之誨。以至於欲罷不能而竭其才。則庶乎有以得之矣

○冉求曰。非不說子之道。力不足也。子曰。力不足者。中道而廢。今女畫。說音悅。女音汝

力不足者。欲進而不能。畫者能進而不欲。謂之畫者。如畫地以自限也。○胡氏曰。夫子稱顏回不改其樂。冉求聞之。故有是言。然使求說夫子之道。誠如口之說芻豢。則必將盡力以求之。何患力之不足哉。畫而不進。則日退而已矣。此冉求之所以局於藝也

○子謂子夏曰。女爲君子儒。無爲小人儒。

儒。學者之稱。程子曰。君子儒爲己。小人儒爲人。○謝氏曰。君子小人之分。義與利之間而已。然所謂利者。豈必殖貨財之謂。以私滅公。適己自便。凡可以害天理者皆利也。子夏文學雖有餘。然意其遠者大者或昧焉。故夫子語之以此

○子游爲武城宰。子曰。女得人焉爾乎。曰。有澹臺滅明者。行不由徑。非公事。未嘗至於偃之室也。女音汝　澹徒甘反

武城。魯下邑。澹臺姓。滅明名。字子羽。徑。路之小而捷者。公事。如飲射讀法之類。不由徑。則動必以正。而無見小欲速之意可知。非公事不見邑宰。則其有以自守。而無枉己徇人之私可見矣。○楊氏曰。爲政以人才爲先。故孔子以得人爲問。如滅明者。觀其二事之小。而其正大之情可見矣。後世有不由徑者。人必以爲迂。不至其室。人必以爲簡。非孔氏之徒。其孰能知而取之。愚謂持身以滅明爲法。則無苟賤之羞。取人以子游爲法。則無邪媚之

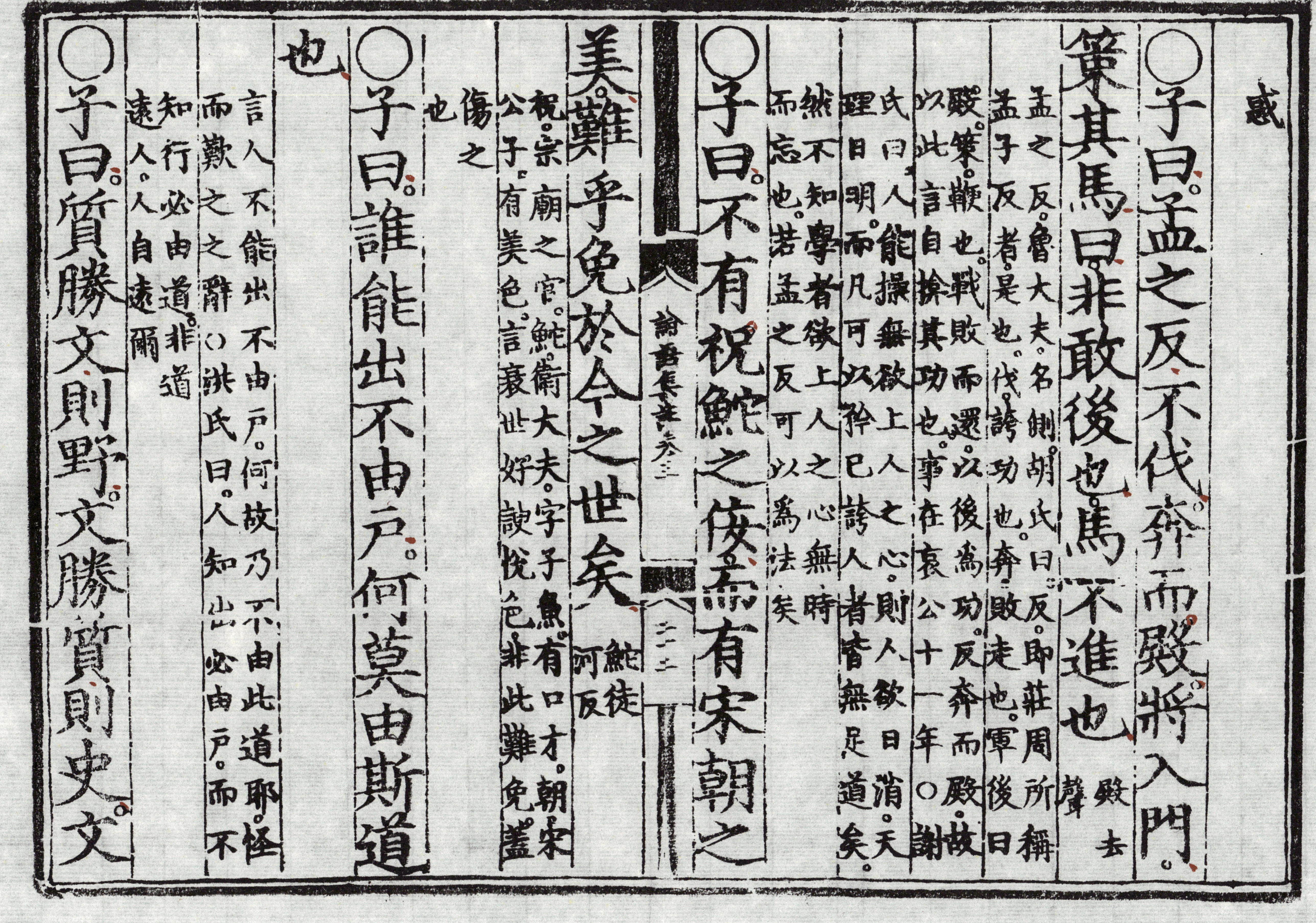

惑

○子曰孟之反不伐奔而殿將入門策其馬曰非敢後也馬不進也 殿去聲

孟之反魯大夫名側胡氏曰反即莊周所稱孟子反者是也伐誇功也奔敗走也軍後曰殿策鞭也戰敗而還以後爲功反奔而殿故以此言自揜其功也事在哀公十一年○謝氏曰人能操無欲上人之心則人欲日消天理日明而凡可以矜己誇人者皆無足道矣然不知學者欲上人之心無時而忘也若孟之反可以爲法矣

○子曰不有祝鮀之佞而有宋朝之美難乎免於今之世矣 鮀徒河反

祝宗廟之官鮀衛大夫字子魚有口才朝宋公子有美色言衰世好諛悅色非此難免蓋傷之也

○子曰誰能出不由戶何莫由斯道也

言人不能出不由戶何故乃不由此道耶怪而歎之之辭○洪氏曰人知出必由戶而不知行必由道非道遠人人自遠爾

○子曰質勝文則野文勝質則史文

質彬彬。然後君子。

野，野人，言鄙略也。史，掌文書，多聞習事，而誠或不足也。彬彬，猶班班，物相雜而適均之貌。言學者當損有餘，補不足，至於成德，則不期然而然矣。○楊氏曰：文質不可以相勝。然質之勝文，猶之甘可以受和，白可以受采也。文勝而至於滅質，則其本亡矣。雖有文，將安施乎。然則與其史也，寧野。

○子曰：人之生也直，罔之生也幸而免。

程子曰：生理本直。罔，不直也，而亦生者，幸而免爾。

○子曰：知之者不如好之者，好之者不如樂之者。好，去聲。樂，音洛。

尹氏曰：知之者，知有此道也。好之者，好而未得也。樂之者，有所得而樂之也。○張敬夫曰：譬之五穀，知者知其可食者也，好者食而嗜之者也，樂者嗜之而飽者也。知而不能好，則是知之未至也；好之而未及於樂，則是好之未至也。此古之學者，所以自彊而不息者歟。

○子曰：中人以上，可以語上也；中人以下，不可以語上也。以上之上，上聲。語，去聲。

語，告也。言教人者，當隨其高下而告語之，則其言易入而無躐等之弊也。○張敬夫曰：聖

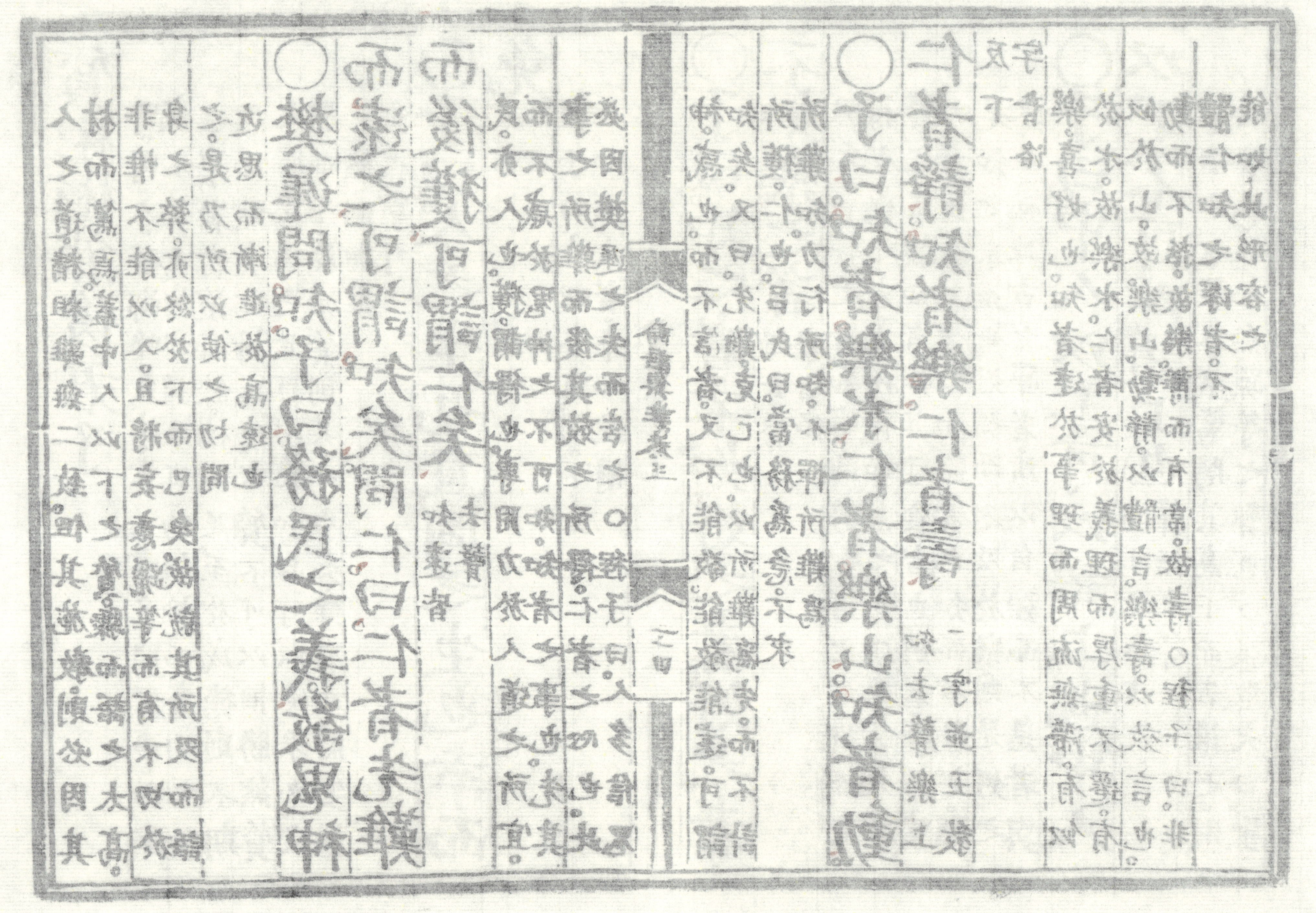

人之道，精粗雖無二致，但其施教，則必因其材而篤焉。蓋中人以下之質，驟而語之太高，非惟不能以入，且將妄意躐等，而有不切於身之弊，亦終於下而已矣。故就其所及而語之，是乃所以使之切問近思，而漸進於高遠也。

○樊遲問知。子曰：「務民之義，敬鬼神而遠之，可謂知矣。」問仁。曰：「仁者先難而後獲，可謂仁矣。」知、遠，皆去聲。

民，亦人也。獲，謂得也。專用力於人道之所宜，而不惑於鬼神之不可知，知者之事也。先其事之所難，而後其效之所得，仁者之心也。此必因樊遲之失而告之。○程子曰：「人多信鬼神，惑也。而不信者又不能敬。能敬能遠，可謂知矣。」又曰：「先難，克己也。以所難為先，而不計所獲，仁也。」呂氏曰：「當務為急，不求所難知；力行所知，不憚所難為。」

○子曰：「知者樂水，仁者樂山；知者動，仁者靜；知者樂，仁者壽。」知，去聲。樂，上二字並五教反，下一字音洛。

樂，喜好也。知者達於事理而周流無滯，有似於水，故樂水；仁者安於義理而厚重不遷，有似於山，故樂山。動靜以體言，樂壽以效言也。動而不括故樂，靜而有常故壽。○程子曰：「非體仁知之深者，不能如此形容之。」

○子曰齊一變至於魯魯一變至於道

孔子之時齊俗急功利喜夸詐乃霸政之餘習魯則重禮教崇信義猶有先王之遺風焉但人亡政息不能無廢墜爾道則先王之道也言二國之政俗有美惡故其變而之道有難易○程子曰夫子之時齊彊魯弱孰不以爲齊勝魯也然魯猶存周公之法制齊由桓公之霸爲從簡尚功之治太公之遺法變易盡矣故一變乃能至魯魯則修舉廢墜而已一變則至於先王之道也愚謂二國之俗惟夫子爲能變之而不得試然因其言以考之則其施爲緩急之序亦略可見矣

○子曰觚不觚觚哉觚哉 觚音孤

觚稜也或曰酒器或曰木簡皆器之有稜者也不觚者蓋當時失其制而不爲稜也觚哉觚哉言不得爲觚也○程子曰觚而失其形制則非觚也舉一器而天下之物莫不皆然故君而失其君之道則爲不君臣而失其臣之職則爲虛位范氏曰人而不仁則非人國而不治則不國矣

○宰我問曰仁者雖告之曰井有仁焉其從之也子曰何爲其然也君子可逝也不可陷也可欺也不可罔也

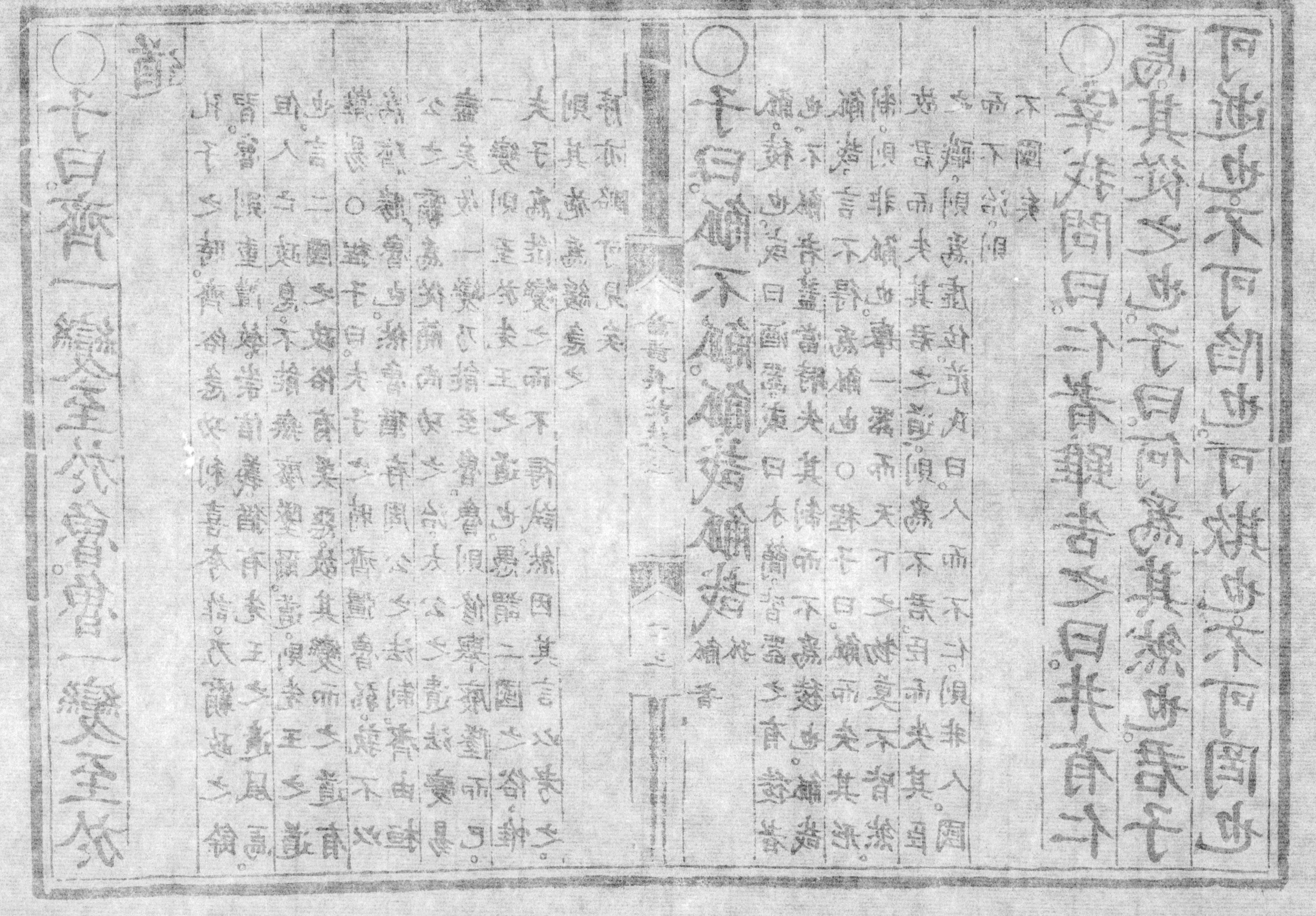

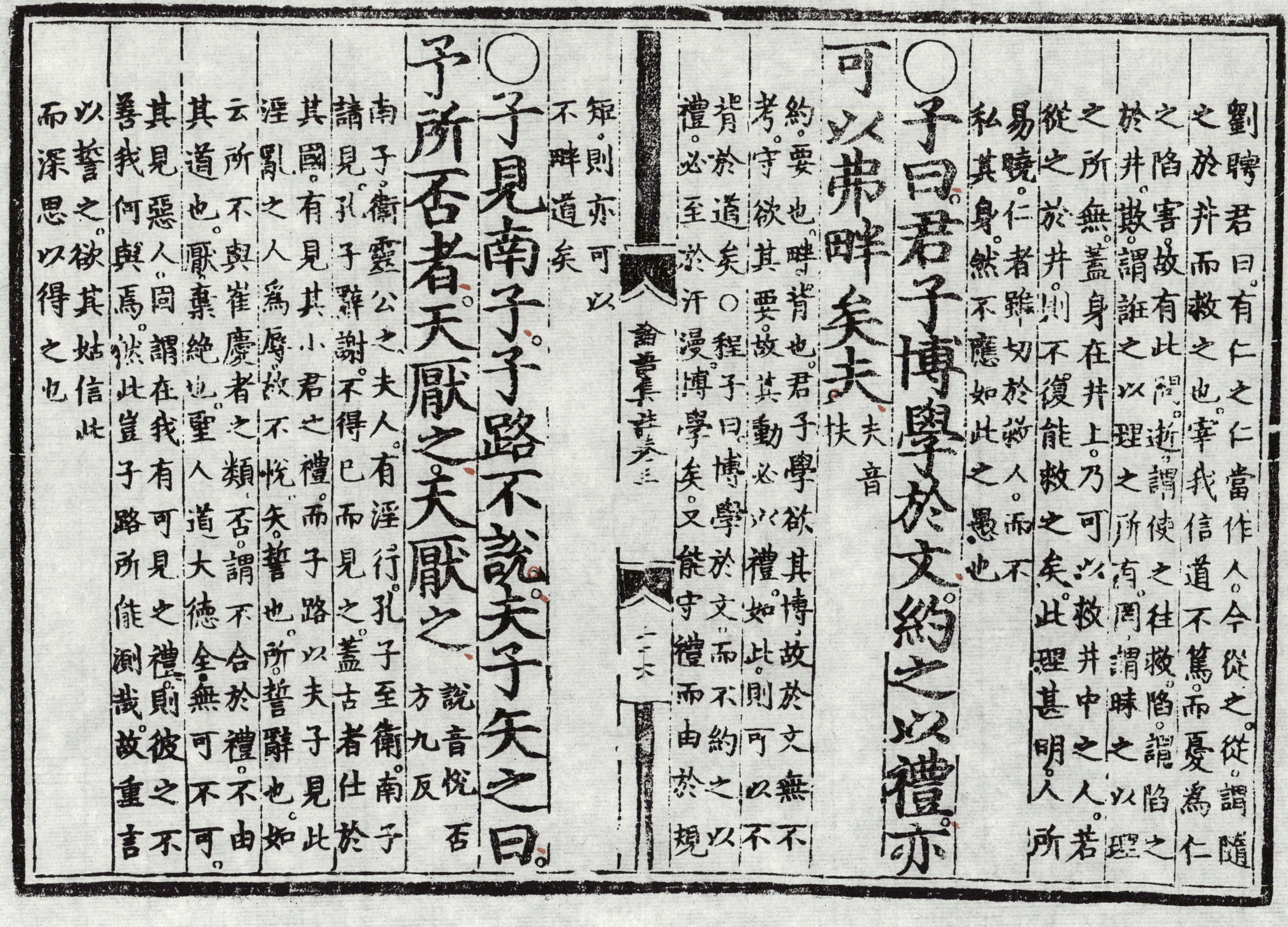

劉聘君曰。有仁之仁。當作人。今從之。從。謂隨之於井而救之也。宰我信道不篤。而憂爲仁之陷害。故有此問。逝。謂使之往救。陷。謂陷之於井。欺。謂誑之以理之所有。罔。謂昧之以理之所無。蓋身在井上。乃可以救井中之人。若從之於井。則不復能救之矣。此理甚明。人所易曉。仁者雖切於救人。而不私其身。然不應如此之愚也。

○子曰。君子博學於文。約之以禮。亦可以弗畔矣夫。夫音扶

約。要也。畔。背也。君子學欲其博。故於文無不考。守欲其要。故其動必以禮。如此。則可以不背於道矣。○程子曰。博學於文。而不約之以禮。必至於汗漫。博學矣。又能守禮而由於規矩。則亦可以不畔道矣。

○子見南子。子路不說。夫子矢之曰。予所否者。天厭之。天厭之。說音悅。否方九反

南子。衛靈公之夫人。有淫行。孔子至衛。南子請見。孔子辭謝。不得已而見之。蓋古者仕於其國。有見其小君之禮。而子路以夫子見此淫亂之人爲辱。故不悅。矢。誓也。所。誓辭也。如云所不與崔慶者之類。否。謂不合於禮。不由其道也。厭。棄絕也。聖人道大德全。無可不可。其見惡人。固謂在我有可見之禮。則彼之不善。我何與焉。然此豈子路所能測哉。故重言以誓之。欲其姑信此而深思以得之也。

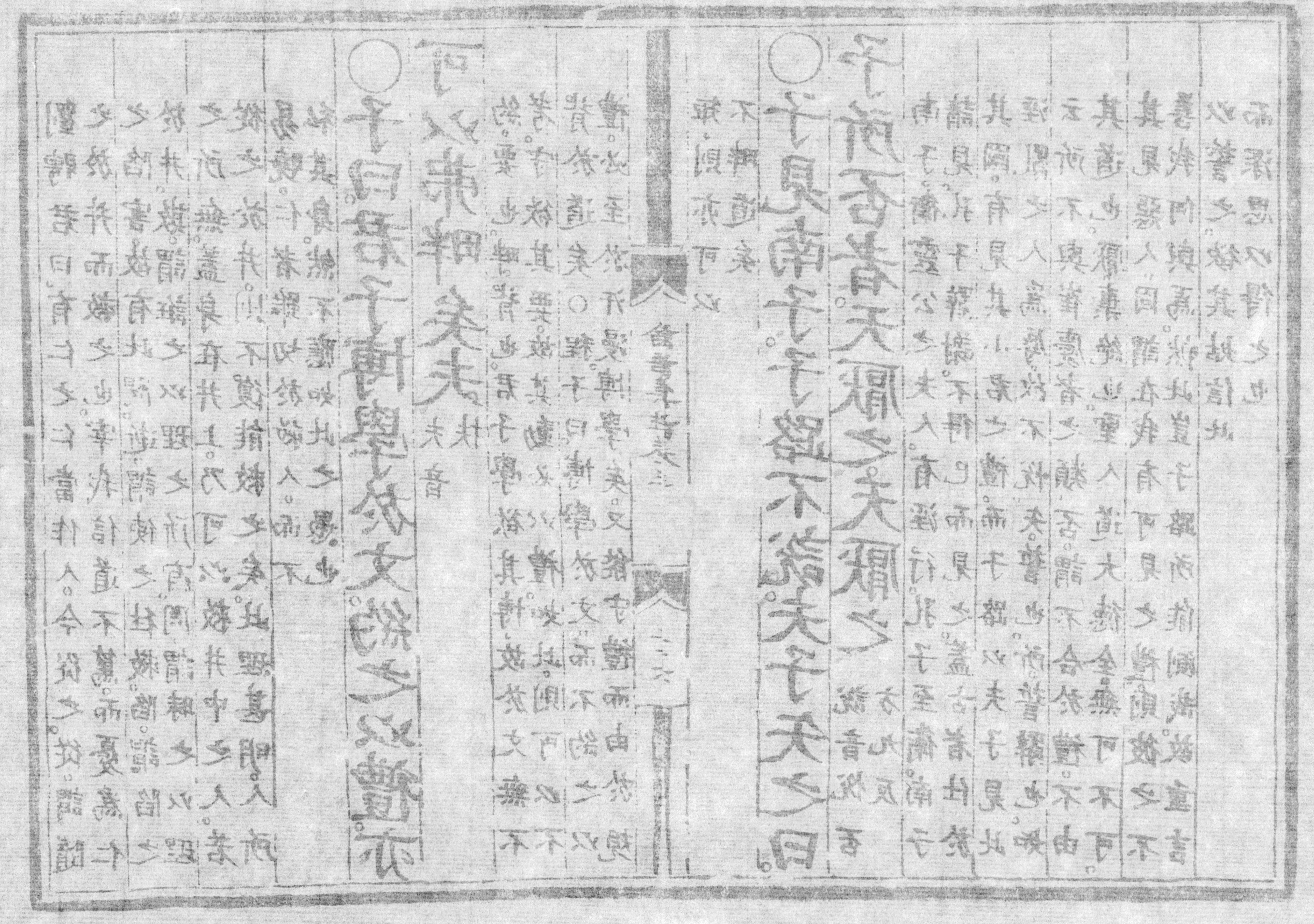

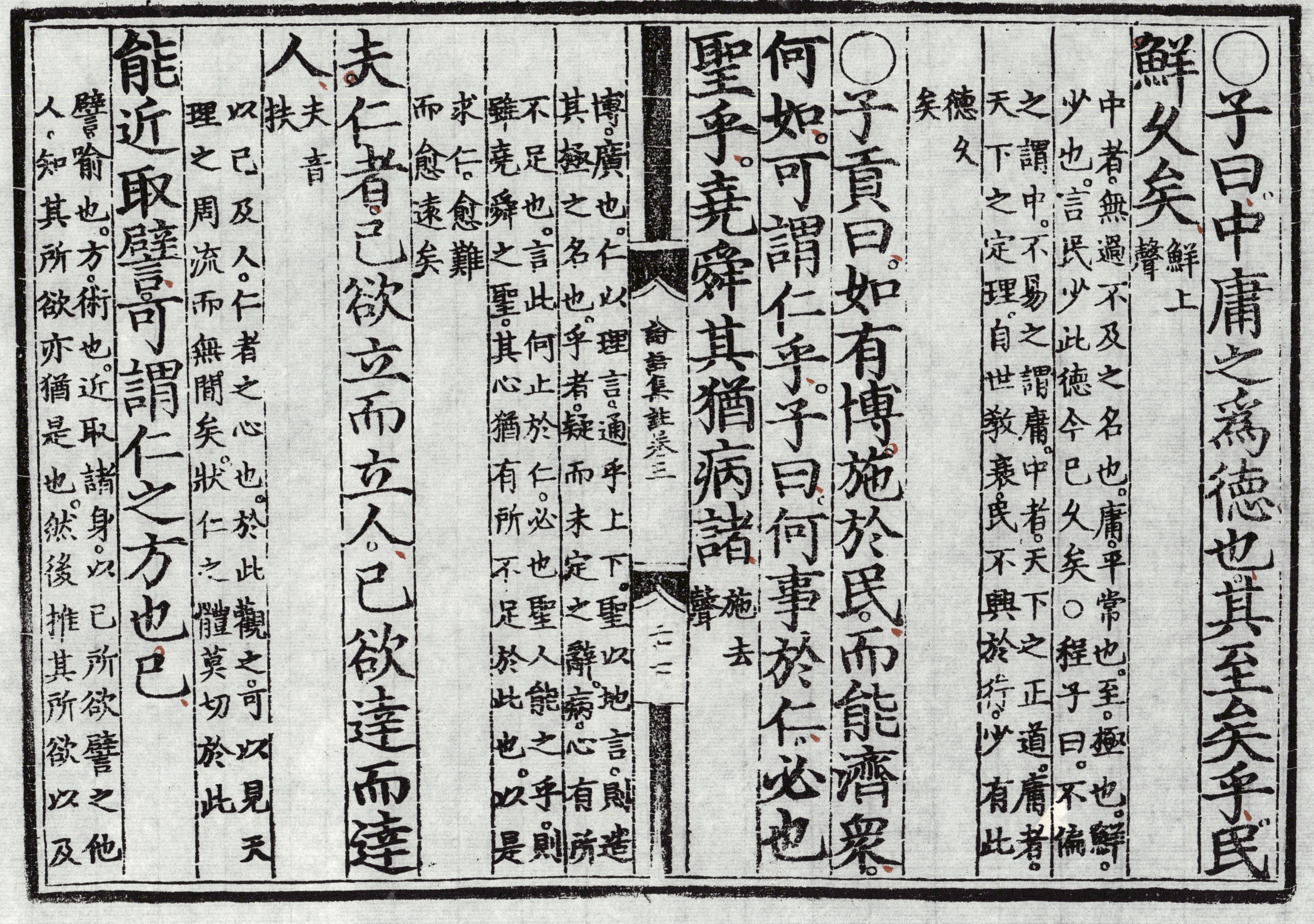

○子曰中庸之爲德也其至矣乎民鮮久矣 鮮上聲

中者無過不及之名也。庸平常也。至極也。鮮少也。言民少此德今已久矣。○程子曰不偏之謂中。不易之謂庸。中者天下之正道。庸者天下之定理。自世教衰民不興於行。少有此德久矣

○子貢曰。如有博施於民。而能濟衆。何如。可謂仁乎。子曰。何事於仁。必也聖乎。堯舜其猶病諸。 施去聲

博廣也。仁以理言。通乎上下。聖以地言。則造其極之名也。乎者疑而未定之辭。病心有所不足也。言此何止於仁。必也聖人能之乎。則雖堯舜之聖。其心猶有所不足於此也。以是求仁。愈難而愈遠矣

夫仁者己欲立而立人。己欲達而達人。 夫音扶

以己及人。仁者之心也。於此觀之。可以見天理之周流而無閒矣。狀仁之體莫切於此

能近取譬。可謂仁之方也已。

譬喻也。方術也。近取諸身。以己所欲譬之他人。知其所欲亦猶是也。然後推其所欲以及

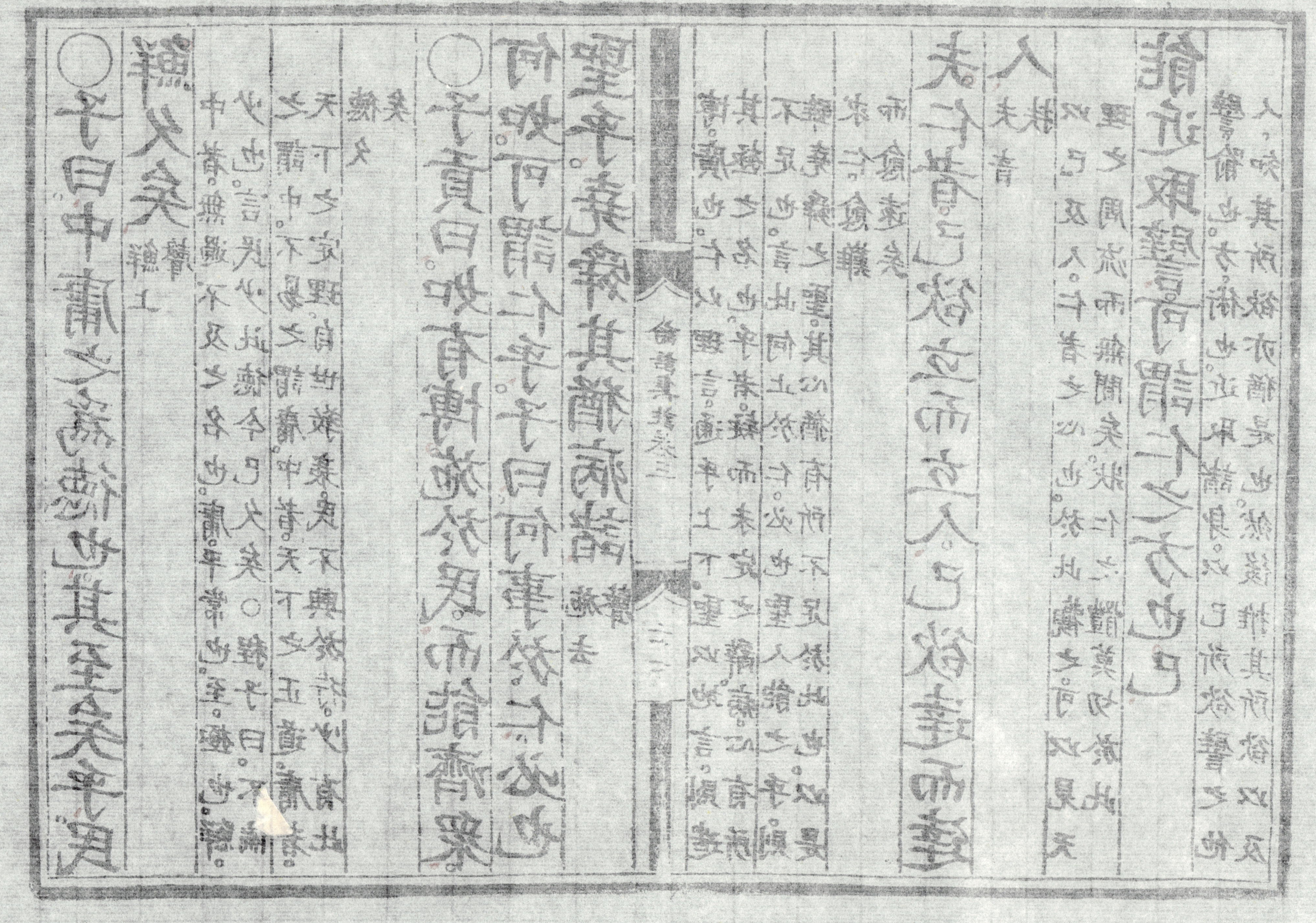

於人。則恕之事。而仁之術也。於此勉焉。則有以勝其人欲之私。而全其天理之公矣。○程子曰。醫書以手足痿痺爲不仁。此言最善名狀。仁者以天地萬物爲一體。莫非己也。認得爲己。何所不至。若不屬己。自與己不相干。如手足之不仁。氣已不貫。皆不屬己。故博施濟衆。乃聖人之功用。仁至難言。故止曰己欲立而立人。己欲達而達人。能近取譬。可謂仁之方也。欲令如是觀仁。可以得仁之體。又曰。論語言堯舜其猶病諸者二。夫博施者。豈非聖人之所欲。然必五十乃衣帛。七十乃食肉。聖人之心非不欲少者亦衣帛食肉也。顧其養有所不贍爾。此病其施之不博也。濟衆者豈非聖人之所欲。然治不過九州。聖人非不欲四海之外亦兼濟也。顧其治有所不及爾。此病其濟之不衆也。推此以求修己以安百姓。則爲病可知。苟以吾治已足。則便不是聖人。○呂氏曰。子貢有志於仁。徒事高遠。不知其方。孔子教以於己取之。庶近而可入。是乃爲仁之方。雖博施濟衆亦由此進。

論語卷之三

論語卷之四

朱熹集註

述而第七

此篇多記聖人謙己誨人之辭及其容貌行事之實。凡三十七章。

子曰。述而不作。信而好古。竊比於我老彭。好，去聲。

述。傳舊而已。作。則創始也。故作非聖人不能。而述則賢者可及。竊比。尊之之辭。我。親之之辭。老彭。商賢大夫。見大戴禮。蓋信古而傳述者也。孔子刪詩書。定禮樂。贊周易。脩春秋。皆傳

先王之舊。而未嘗有所作也。故其自言如此。蓋不惟不敢當作者之聖。而亦不敢顯然自附於古之賢人。蓋其德愈盛而心愈下。不自知其辭之謙也。然當是時作者略備。夫子蓋集羣聖之大成而折衷之。其事雖述。而功則倍於作矣。此又不可不知也。

○子曰。默而識之。學而不厭。誨人不倦。何有於我哉。識，音志，又如字。

識。記也。默識。謂不言而存諸心也。一說。識。知也。不言而心解也。前說近是。何有於我。言何者能有於我也。三者已非聖人之極至。而猶不敢當。則謙而又謙之辭也。

○子曰。德之不脩。學之不講。聞義不

能徙，不善不能改，是吾憂也。」

尹氏曰：「德必脩而後成，學必講而後明，見善能徙，改過不吝，此四者日新之要也。苟未能之，聖人猶憂，況學者乎？」

○子之燕居，申申如也，夭夭如也。

燕居，閒暇無事之時。楊氏曰：「申申，其容舒也。夭夭，其色愉也。」○程子曰：「此弟子善形容聖人處也。爲申申字說不盡，故更著夭夭字。今人燕居之時，不怠惰放肆，必太嚴厲。嚴厲時著此四字不得，怠惰放肆時亦著此四字不得，唯聖人便自有中和之氣。」

○子曰：「甚矣吾衰也！久矣吾不復夢見周公。」

復，扶又反。

孔子盛時，志欲行周公之道，故夢寐之間，如或見之。至其老而不能行也，則無復是心，而亦無復是夢矣，故因此而自歎其衰之甚也。○程子曰：「孔子盛時，寤寐常存行周公之道；及其老也，則志慮衰而不可以有爲矣。蓋存道者心，無老少之異；而行道者身，老則衰也。」

○子曰：「志於道，

志者，心之所之之謂。道，則人倫日用之間所當行者是也。知此而心必之焉，則所適者正，而無他岐之惑矣。

據於德，

據者，執守之意。德，則行道而有得於心者也。得之於心而守之不失，則終始惟一，而有日新之功矣。

依於仁。

依者，不違之謂。仁，則私欲盡去，而心德之全也。功夫至此而無終食之違，則存養之熟，無適而非天理之流行矣。

游於藝。

游者，玩物適情之謂。藝，則禮樂之文，射御書數之法，皆至理所寓，而日用之不可闕者也。朝夕游焉，以博其義理之趣，則應務有餘，而心亦無所放矣。○此章言人之為學當如是

也。蓋學莫先於立志，志道，則心存於正而不他；據德，則道得於心而不失；依仁，則德性常用而物欲不行；游藝，則小物不遺而動息有養。學者於此，有以不失其先後之序、輕重之倫焉，則本末兼該，內外交養，日用之間，無少間隙，而涵泳從容，忽不自知其入於聖賢之域矣。

○子曰：自行束脩以上，吾未嘗無誨焉。

脩，脯也。十脡為束。古者相見，必執贄以為禮，束脩其至薄者。蓋人之有生，同具此理，故聖人之於人，無不欲其入於善。但不知來學，則無往教之禮，故苟以禮來，則無不有以教之

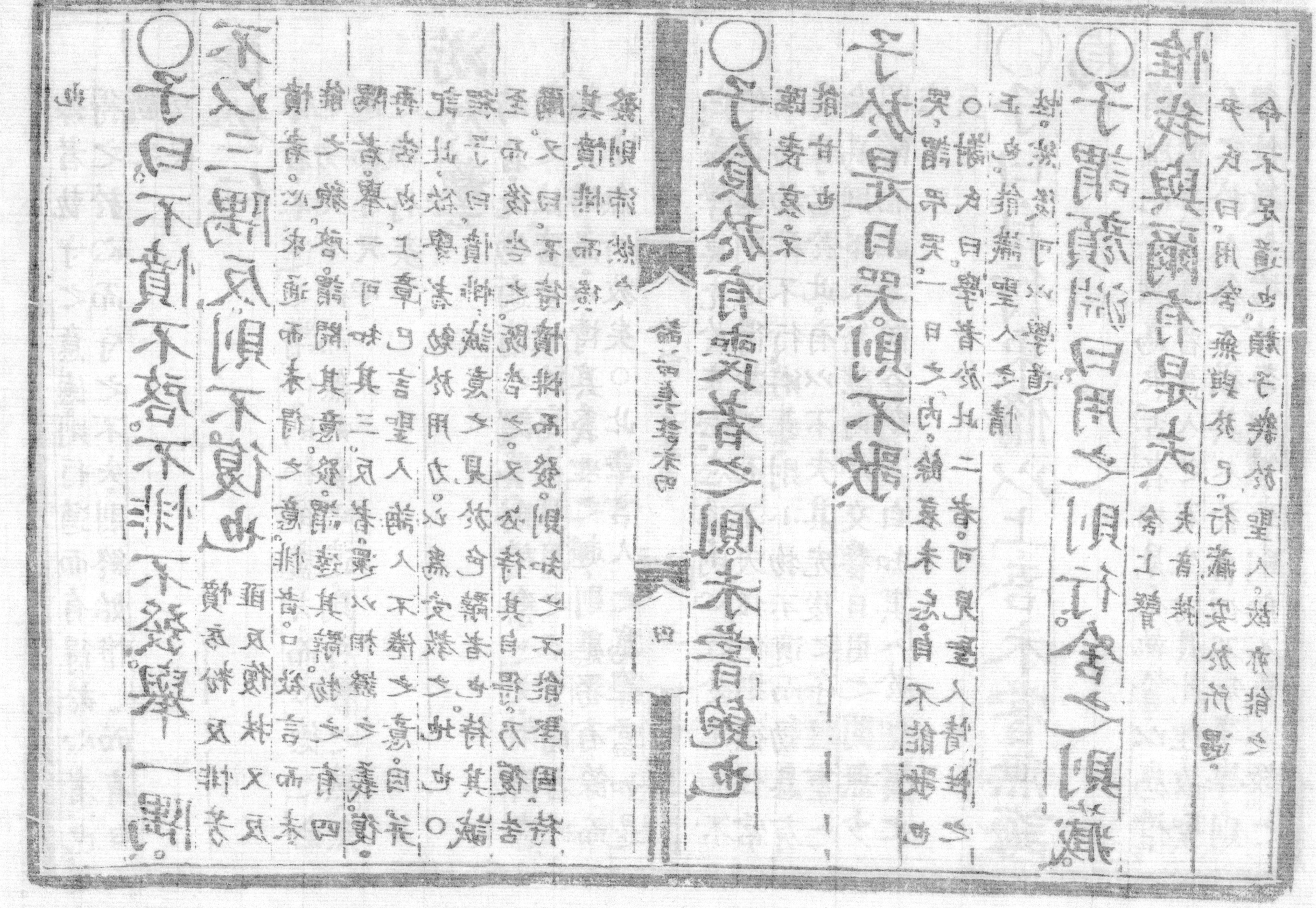

也

○子曰不憤不啟不悱不發舉一隅不以三隅反則不復也

憤者心求通而未得之意悱者口欲言而未能之貌啟謂開其意發謂達其辭物之有四隅者舉一可知其三反者還以相證之義復再告也上章已言聖人誨人不倦之意因并記此欲學者勉於用力以為受教之地也○程子曰憤悱誠意之見於色辭者也待其誠至而後告之既告之又必待其自得乃復告爾又曰不待憤悱而發則知之不能堅固待其憤悱而後發則沛然矣

○子食於有喪者之側未嘗飽也

臨喪哀不能甘也

子於是日哭則不歌

哭謂弔哭一日之內餘哀未忘自不能歌也○謝氏曰學者於此二者可見聖人情性之正也能識聖人之情性然後可以學道

○子謂顏淵曰用之則行舍之則藏惟我與爾有是夫

舍上聲夫音扶○尹氏曰用舍無與於己行藏安於所遇命不足道也顏子幾於聖人故亦能之

子路曰。子行三軍則誰與。萬二千五百人爲軍。大國三軍。子路見孔子獨美顏淵。自負其勇。意夫子若行三軍。必與己同。

子曰。暴虎馮河。死而無悔者。吾不與也。必也臨事而懼。好謀而成者也。馮皮冰反。好去聲。暴虎。徒搏。馮河。徒涉。懼。謂敬其事。成。謂成其謀。言此。皆以抑其勇而教之。然行師之要實不外此。子路蓋不知也。○謝氏曰。聖人於行藏之間。無意無必。其行非貪位。其藏非獨善也。若有欲心。則不用而求行。舍之而不藏矣。是以惟顏子爲可以與於此。子路雖非有欲心者。然未能無固必也。至以行三軍爲問。則其論益卑矣。夫子之言。蓋因其失而救之。夫不謀無成。不懼必敗。小事尚然。而況於行三軍乎。

○子曰。富而可求也。雖執鞭之士。吾亦爲之。如不可求。從吾所好。好去聲。執鞭。賤者之事。設言富若可求。則雖身爲賤役以求之。亦所不辭。然有命焉。非求之可得也。則安於義理而已矣。何必徒取辱哉。○蘇氏曰。聖人未嘗有意於求富也。豈問其可不可哉。爲此語者。特以明其決不可求爾。楊氏曰。君子非惡富貴而不求。以其在天。無可求

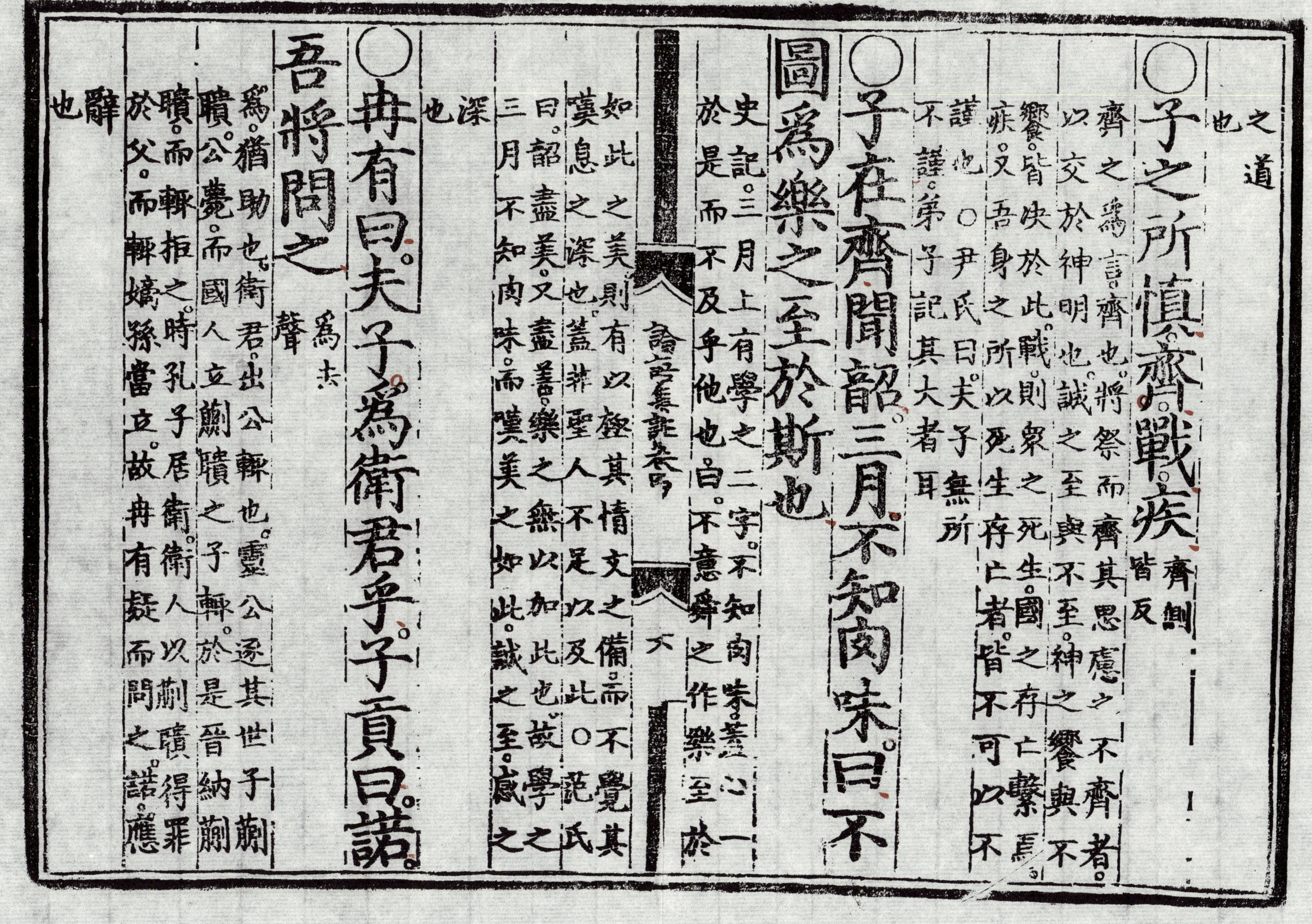

之道也

○子之所慎齊戰疾齊側皆反

齊之爲言齊也將祭而齊其思慮之不齊者以交於神明也誠之至與不至神之饗與不饗皆決於此戰則衆之死生國之存亡繫焉疾又吾身之所以死生存亡者皆不可以不謹也○尹氏曰夫子無所不謹弟子記其大者耳

○子在齊聞韶三月不知肉味曰不圖爲樂之至於斯也

史記三月上有學之二字不知肉味蓋心一於是而不及乎他也○范氏曰不意舜之作樂至於

如此之美則有以極其情文之備而不覺其歎息之深也蓋非聖人不足以及此○范氏曰韶盡美又盡善樂之無以加此也故學之三月不知肉味而歎美之如此誠之至感之深也

○冉有曰夫子爲衛君乎子貢曰諾吾將問之爲去聲

爲猶助也衛君出公輒也靈公逐其世子蒯聵公薨而國人立蒯聵之子輒於是晉納蒯聵而輒拒之時孔子居衛衛人以蒯聵得罪於父而輒嫡孫當立故冉有疑而問之諾應辭也

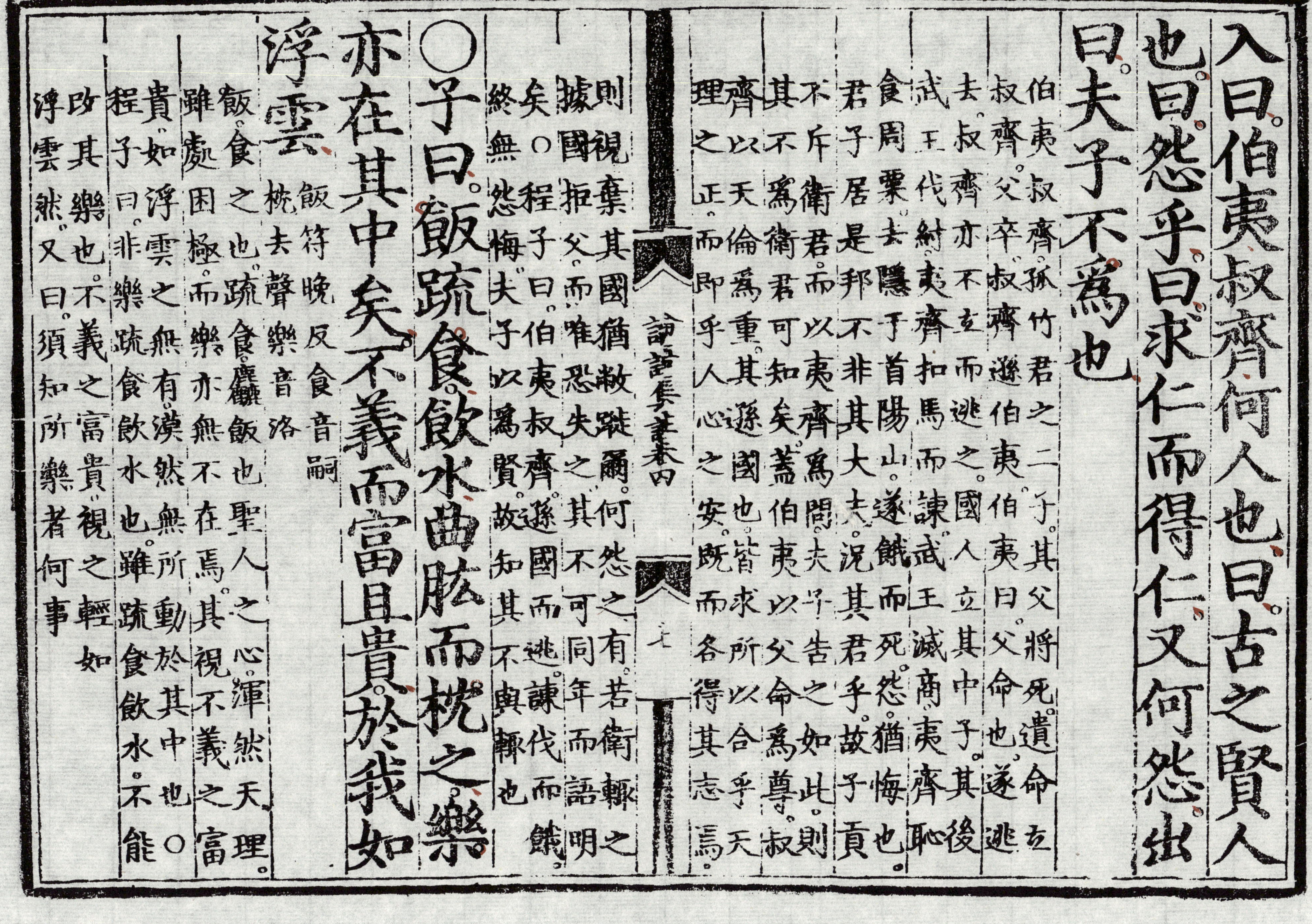

入曰伯夷叔齊何人也曰古之賢人也曰怨乎曰求仁而得仁又何怨出曰夫子不爲也

伯夷叔齊孤竹君之二子其父將死遺命立叔齊父卒叔齊遜伯夷伯夷曰父命也遂逃去叔齊亦不立而逃之國人立其中子其後武王伐紂夷齊扣馬而諫武王滅商夷齊恥食周粟去隱于首陽山遂餓而死怨猶悔也君子居是邦不非其大夫況其君乎故子貢不斥衛君而以夷齊爲問夫子告之如此則其不爲衛君可知矣蓋伯夷以父命爲尊叔齊以天倫爲重其遜國也皆求所以合乎天理之正而即乎人心之安既而各得其志焉

則視棄其國猶敝蹝爾何怨之有若衛輒之據國拒父而唯恐失之其不可同年而語明矣○程子曰伯夷叔齊遜國而逃諫伐而餓終無怨悔夫子以爲賢故知其不與輒也

○子曰飯疏食飲水曲肱而枕之樂亦在其中矣不義而富且貴於我如浮雲

飯符晩反食音嗣枕去聲樂音洛

飯食之也疏食麤飯也聖人之心渾然天理雖處困極而樂亦無不在焉其視不義之富貴如浮雲之無有漠然無所動於其中也○程子曰非樂疏食飲水也雖疏食飲水不能改其樂也不義之富貴視之輕如浮雲然又曰須知所樂者何事

○子曰。加我數年。五十以學易。可以無大過矣

劉聘君見元城劉忠定公。自言嘗讀他論。加作假。五十作卒。蓋加假聲相近而誤讀。卒與五十字相似而誤分也。愚按此章之言。史記作假我數年。若是我於易則彬彬矣。加正作假。而無五十字。蓋是時孔子年已幾七十矣。五十字誤無疑也。學易則明乎吉凶消長之理。進退存亡之道。故可以無大過。蓋聖人深見易道之無窮。而言此以教人。使知其不可不學。而又不可以易而學也

○子所雅言。詩書執禮。皆雅言也

雅。常也。執。守也。詩以理情性。書以道政事。禮以謹節文。皆切於日用之實。故常言之。禮獨言執者。以人所執守而言。非徒誦說而已也。○程子曰。孔子雅素之言止於如此。若性與天道。則有不可得而聞者。要在默而識之也。謝氏曰。此因學易之語而類記之

○葉公問孔子於子路。子路不對 葉舒涉反

葉公。楚葉縣尹沈諸梁。字子高。僭稱公也。葉公不知孔子。必有非所問而問者。故子路不對。抑亦以聖人之德實有未易名言者與

子曰。女奚不曰。其爲人也。發憤忘食。樂以忘憂。不知老之將至云爾

○子曰加我數年五十以學易可以無大過矣

劉聘君見元城劉忠定公自言嘗讀他論加作假五十作卒蓋加假聲相近而誤讀卒與五十字相似而誤分也愚按此章之言史記作為假我數年若是我於易則彬彬矣加正作假而無五十字蓋是時孔子年已幾七十矣五十字誤無疑也學易則明乎吉凶消長之理進退存亡之道故可以無大過蓋聖人深見易道之無窮而言此以教人使知其不可不學而又不可以易而學也

○子所雅言詩書執禮皆雅言也

雅常也執守也詩以理情性書以道政事禮以謹節文皆切於日用之實故常言之禮獨言執者以人所執守而言非徒誦說而已也○程子曰孔子雅素之言止於如此若性與天道則有不可得而聞者要在默而識之也謝氏曰此因學易之語而類記之

○葉公問孔子於子路子路不對

葉公楚葉縣尹沈諸梁字子高僭稱公也葉公不知孔子必有非所問而問者故子路不對抑亦以聖人之德實有未易名言者與

子曰女奚不曰其為人也發憤忘食樂以忘憂不知老之將至云爾

未得則發憤而忘食，已得則樂之而忘憂，以是二者俛焉日有孳孳，而不知年數之不足，但自言其好學之篤耳。然深味之，則見其全體至極，純亦不已之妙，有非聖人不能及者。蓋凡夫子之自言類如此，學者宜致思焉。

○子曰：「我非生而知之者，好古，敏以求之者也。」好，去聲。

生而知之者，氣質清明，義理昭著，不待學而知也。敏，速也，謂汲汲也。○尹氏曰：「孔子以生知之聖，每云好學者，非惟勉人也，蓋生而可知者義理爾，若夫禮樂名物，古今事變，亦必待學而後有以驗其實也。」

○子不語怪、力、亂、神。

怪異、勇力、悖亂之事，非理之正，固聖人所不語。鬼神，造化之迹，雖非不正，然非窮理之至，有未易明者，故亦不輕以語人也。○謝氏曰：「聖人語常而不語怪，語德而不語力，語治而不語亂，語人而不語神。」

○子曰：「三人行，必有我師焉。擇其善者而從之，其不善者而改之。」

三人同行，其一我也。彼二人者，一善一惡，則我從其善而改其惡焉，是二人者皆我師也。○尹氏曰：「見賢思齊，見不賢而內自省，則善惡皆我之師，進善其有窮乎？」

○子曰天生德於予桓魋其如予何

魋徒雷反

桓魋宋司馬向魋也出於桓公故又稱桓氏魋欲害孔子孔子言天旣賦我以如是之德則桓魋其奈我何言必不能違天害己

○子曰二三子以我爲隱乎吾無隱乎爾吾無行而不與二三子者是丘也

諸弟子以夫子之道高深不可幾及故疑其有隱而不知聖人作止語默無非敎也故夫子以此言曉之與猶示也○程子曰聖人之道猶天然門弟子親炙而冀及之然後知其高且遠也使誠以爲不可及則趨向之心不幾於怠乎故聖人之敎常俯而就之如此非獨使資質庸下者勉思企及而才氣高邁者亦不敢躐易而進也呂氏曰聖人體道無隱與天象昭然莫非至敎常以示人而人自不察

○子以四敎文行忠信

行去聲

程子曰敎人以學文脩行而存忠信也忠信本也

○子曰聖人吾不得而見之矣得見君子者斯可矣

聖人，神明不測之號。君子，才德出衆之名。

子曰：善人，吾不得而見之矣；得見有恒者，斯可矣。恒，胡登反

子曰字疑衍文。恒，常久之意。張子曰：有恒者，不貳其心。善人者，志於仁而無惡。

亡而爲有，虛而爲盈，約而爲泰，難乎有恒矣。亡，讀爲無

三者皆虛夸之事，凡若此者，必不能守其常也。○張敬夫曰：聖人、君子以學言，善人、有恒者以質言。愚謂有恒者之與聖人，高下固懸絕矣，然未有不自有恒而能至於聖者也。故章末申言有恒之義，其示人入德之門，可謂深切而著明矣。

○子釣而不綱，弋不射宿。射，食亦反

綱，以大繩屬網，絕流而漁者也。弋，以生絲繫矢而射也。宿，宿鳥。○洪氏曰：孔子少貧賤，爲養與祭，或不得已而釣弋，如獵較是也。然盡物取之，出其不意，亦不爲也。此可見仁人之本心矣。待物如此，待人可知；小者如此，大者可知。

○子曰：蓋有不知而作之者，我無是也。多聞，擇其善者而從之；多見而識之，知之次也。識，音志

不知而作。不知其理而妄作也。孔子自言未嘗妄作。蓋亦謙辭。然亦可見其無所不知也。識。記也。所從不可不擇。記則善惡皆當存之以備參考。如此者。雖未能實知其理。亦可以次於知之者也

○互鄉難與言。童子見。門人惑。見賢遍反

互鄉。鄉名。其人習於不善。難與言善。惑者。疑夫子不當見之也

子曰。與其進也。不與其退也。唯何甚。人潔己以進。與其潔也。不保其往也。

疑此章有錯簡。人潔至往也十四字當在與其進也之前。潔修治也。與。許也。往。前日也。言人潔己而來。但許其能自潔耳。固不能保其前日所爲之善惡也。但許其進而來見耳。非許其既退而爲不善也。蓋不追其既往。不逆其將來。以是心至。斯受之耳。唯字上下。疑又有闕文。大抵亦不爲已甚之意 ○程子曰。聖人待物之洪如此

○子曰。仁遠乎哉。我欲仁。斯仁至矣。

仁者。心之德。非在外也。放而不求。故有以爲遠者。反而求之。則即此而在矣。夫豈遠哉。○程子曰。爲仁由己。欲之則至。何遠之有

○陳司敗問昭公知禮乎。孔子曰。知禮。

陳，國名。司敗，官名，即司寇也。昭公，魯君，名稠。習於威儀之節，當時以爲知禮。故司敗以爲問，而孔子答之如此。

孔子退，揖巫馬期而進之，曰：「吾聞君子不黨，君子亦黨乎？君取於吳爲同姓，謂之吳孟子。君而知禮，孰不知禮？」

取，七住反。

巫馬，姓；期，字，孔子弟子，名施。司敗揖而進之也。相助匿非曰黨。禮不娶同姓，而魯與吳皆姬姓。謂之吳孟子者，諱之，使若宋女子姓者然。

巫馬期以告。子曰：「丘也幸，苟有過，人必知之。」

孔子不可自謂諱君之惡，又不可以娶同姓爲知禮，故受以爲過而不辭。○吳氏曰：「魯蓋夫子父母之國，昭公，魯之先君也。司敗又未嘗顯言其事，而遽以知禮爲問，其對之宜如此也。及司敗以爲有黨，而夫子受以爲過，蓋夫子之盛德，無所不可也。然其受以爲過也，亦不正言其所以過，初若不知孟子之事者，可以爲萬世之法矣。」

○子與人歌而善，必使反之，而後和之。

和，去聲。

反。復也。必使復歌者，欲得其詳而取其善也。而後和之者，喜得其詳而與其善也。此見聖人氣象從容，誠意懇至，而其謙遜審密，不掩人善又如此。蓋一事之微，而衆善之集，有不可勝既者焉。讀者宜詳味之

○子曰。文莫吾猶人也。躬行君子。則吾未之有得。

莫，疑辭。猶人，言不能過人，而尚可以及人。未之有得，則全未有得，皆自謙之辭。而足以見言行之難易緩急，欲人之勉其實也。○謝氏曰。文雖聖人無不與人同，故不遜；能躬行君子，斯可以入聖，故不居；猶言君子道者三，我無能焉。

○子曰。若聖與仁。則吾豈敢。抑爲之不厭。誨人不倦。則可謂云爾已矣。公西華曰。正唯弟子不能學也

此亦夫子之謙辭也。聖者，大而化之。仁，則心德之全而人道之備也。爲之，謂爲仁聖之道。誨人，亦謂以此敎人也。然不厭不倦，非已有之則不能，所以弟子不能學也。○晁氏曰。當時有稱夫子聖且仁者，以故夫子辭之。苟辭之而已焉，則無以進天下之材，率天下之善。將使聖與仁爲虛器，而人終莫能至矣。故夫子雖不居仁聖，而必以爲之不厭，誨人不倦自處也。可謂云爾已矣者，無他之辭也。公西華仰而嘆之，其亦深知夫子之意矣

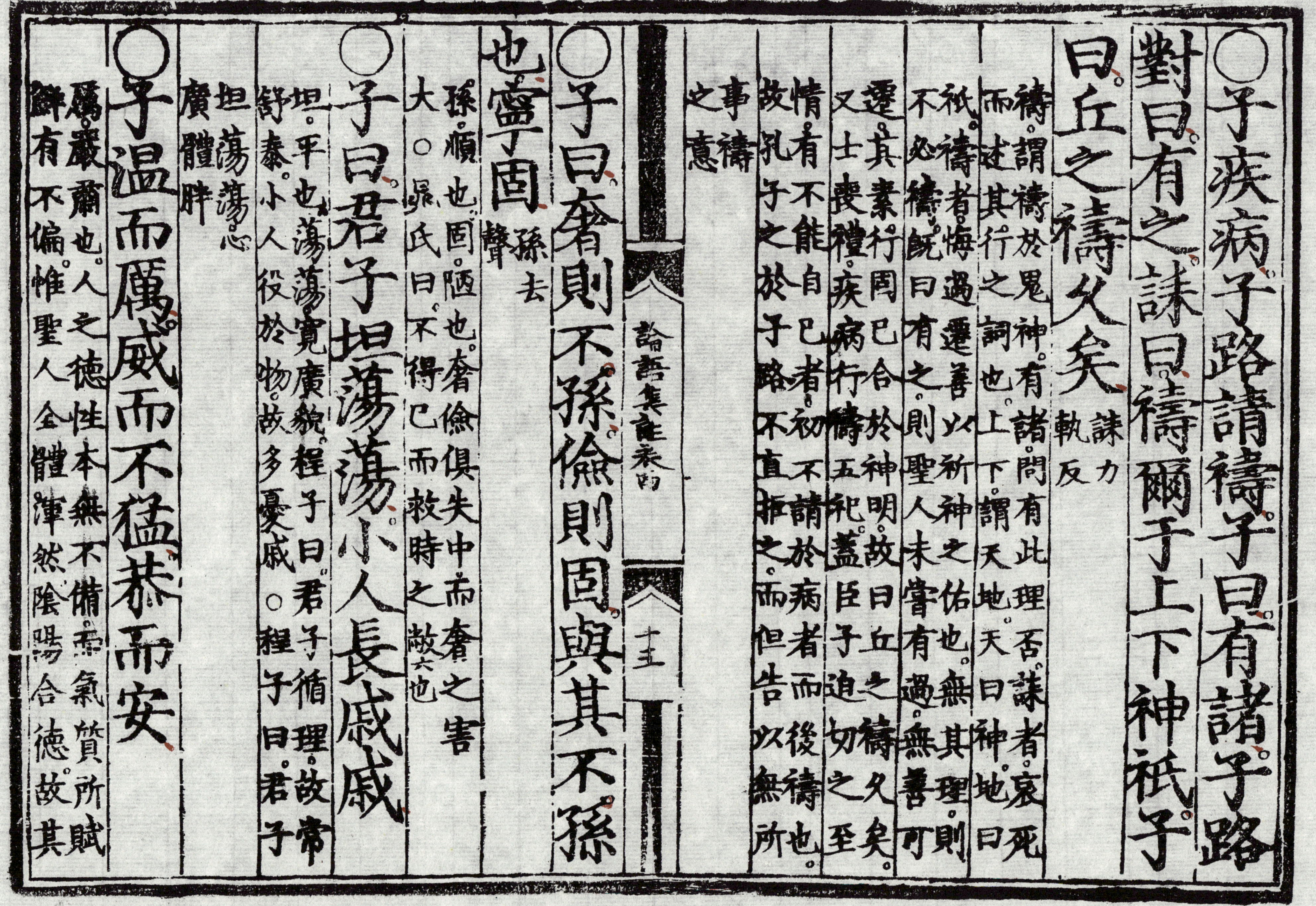

○子疾病子路請禱子曰有諸子路對曰有之誄曰禱爾于上下神祇子曰丘之禱久矣誄力軌反

禱謂禱於鬼神有諸問有此理否誄者哀死而述其行之詞也上下謂天地天曰神地曰祇禱者悔過遷善以祈神之佑也無其理則不必禱既曰有之則聖人未嘗有過無善可遷其素行固已合於神明故曰丘之禱久矣又士喪禮疾病行禱五祀蓋臣子迫切之至情有不能自已者初不請於病者而後禱也故孔子之於子路不直拒之而但告以無所事禱之意

○子曰奢則不孫儉則固與其不孫也寧固孫去聲

孫順也固陋也奢儉俱失中而奢之害大○晁氏曰不得已而救時之敝也

○子曰君子坦蕩蕩小人長戚戚

坦平也蕩蕩寬廣貌程子曰君子循理故常舒泰小人役於物故多憂戚○程子曰君子坦蕩蕩心廣體胖

○子溫而厲威而不猛恭而安

厲嚴肅也人之德性本無不備而氣質所賦鮮有不偏惟聖人全體渾然陰陽合德故其

中和之氣見於容貌之閒者如此。門人熟察而詳記之。亦可見其用心之密矣。抑非知足以知聖人而善言德行者。不能記。故程子以爲曾子之言。學者所宜反復而玩心也。

泰伯第八

凡二十一章

子曰。泰伯其可謂至德也已矣。三以天下讓。民無得而稱焉。

泰伯。周大王之長子。至德。謂德之至極。無以復加者也。三讓。謂固遜也。無得而稱。其遜隱微。無迹可見也。蓋大王三子。長泰伯。次仲雍。次季歷。大王之時。商道寖衰。而周日彊大。季

歷又生子昌。有聖德。大王因有翦商之志。而泰伯不從。大王遂欲傳位季歷以及昌。泰伯知之。卽與仲雍逃之荊蠻。於是大王乃立季歷。傳國至昌。而三分天下有其二。是爲文王。文王崩。子發立。遂克商而有天下。是爲武王。夫以泰伯之德。當商周之際。固足以朝諸侯有天下矣。乃棄不取。而又泯其迹焉。則其德之至極爲如何哉。蓋其心卽夷齊扣馬之心。而事之難處有甚焉者。宜夫子之歎息而贊美之也。泰伯不從。事見春秋傳。

○子曰。恭而無禮則勞。愼而無禮則葸。勇而無禮則亂。直而無禮則絞。葸絲里反。絞古卯反。

葸，畏懼貌。絞，急切也。無禮則無節文，故有四者之弊。

君子篤於親，則民興於仁；故舊不遺，則民不偷。

君子謂在上之人也。興，起也。偷，薄也。○張子曰：人道知所先後，則恭不勞、慎不葸、勇不亂、直不絞，民化而德厚矣。○吳氏曰：君子以下當自為一章，乃曾子之言也。愚按：此一節與上文不相蒙，而與首篇慎終追遠之意相類，吳說近是。

○曾子有疾，召門弟子曰：啟予足！啟予手！詩云：戰戰兢兢，如臨深淵，如履薄冰。而今而後，吾知免夫！小子！

夫，音扶。啟，開也。曾子平日以為身體受於父母，不敢毀傷，故於此使弟子開其衾而視之。詩小旻之篇。戰戰，恐懼。兢兢，戒謹。臨淵，恐墜；履冰，恐陷也。曾子以其所保之全示門人，而言其所以保之之難如此；至於將死，而後知其得免於毀傷也。小子，門人也。語畢而又呼之，以致反復丁寧之意，其警之也深矣。○程子曰：君子曰終，小人曰死。君子保其身以沒，為終其事也。故曾子以全歸為免矣。尹氏曰：父母全而生之，子全而歸之。曾子臨終而啟手足，為是故也。非有得於道，能如是乎？范氏曰：身體猶不可虧也，況虧其行以辱其親乎？

○曾子有疾，孟敬子問之。

孟敬子魯大夫仲孫氏名捷問之者問其疾也

曾子言曰鳥之將死其鳴也哀人之將死其言也善

言自言也鳥畏死故鳴哀人窮反本故言善此曾子之謙辭欲敬子知其所言之善而識之也

君子所貴乎道者三動容貌斯遠暴慢矣正顏色斯近信矣出辭氣斯遠鄙倍矣籩豆之事則有司存

遠近並去聲

貴猶重也容貌舉一身而言暴粗厲也慢放肆也信實也正顏色而近信則非色莊也辭言語氣聲氣也鄙凡陋也倍與背同謂背理也籩竹豆豆木豆言道雖無所不在然君子所重者在此三事而已是皆脩身之要爲政之本學者所當操存省察而不可有造次顛沛之違者也若夫籩豆之事器數之末道之全體固無不該然其分則有司之守而非君子之所重矣○程子曰動容貌舉一身而言也周旋中禮暴慢斯遠矣正顏色則不妄斯近信矣出辭氣正由中出斯遠鄙倍三者正身而不外求故曰籩豆之事則有司存尹氏曰養於中則見於外曾子蓋以脩己爲爲政之本若乃器用事物之細則有司存焉

○曾子曰以能問於不能以多問於

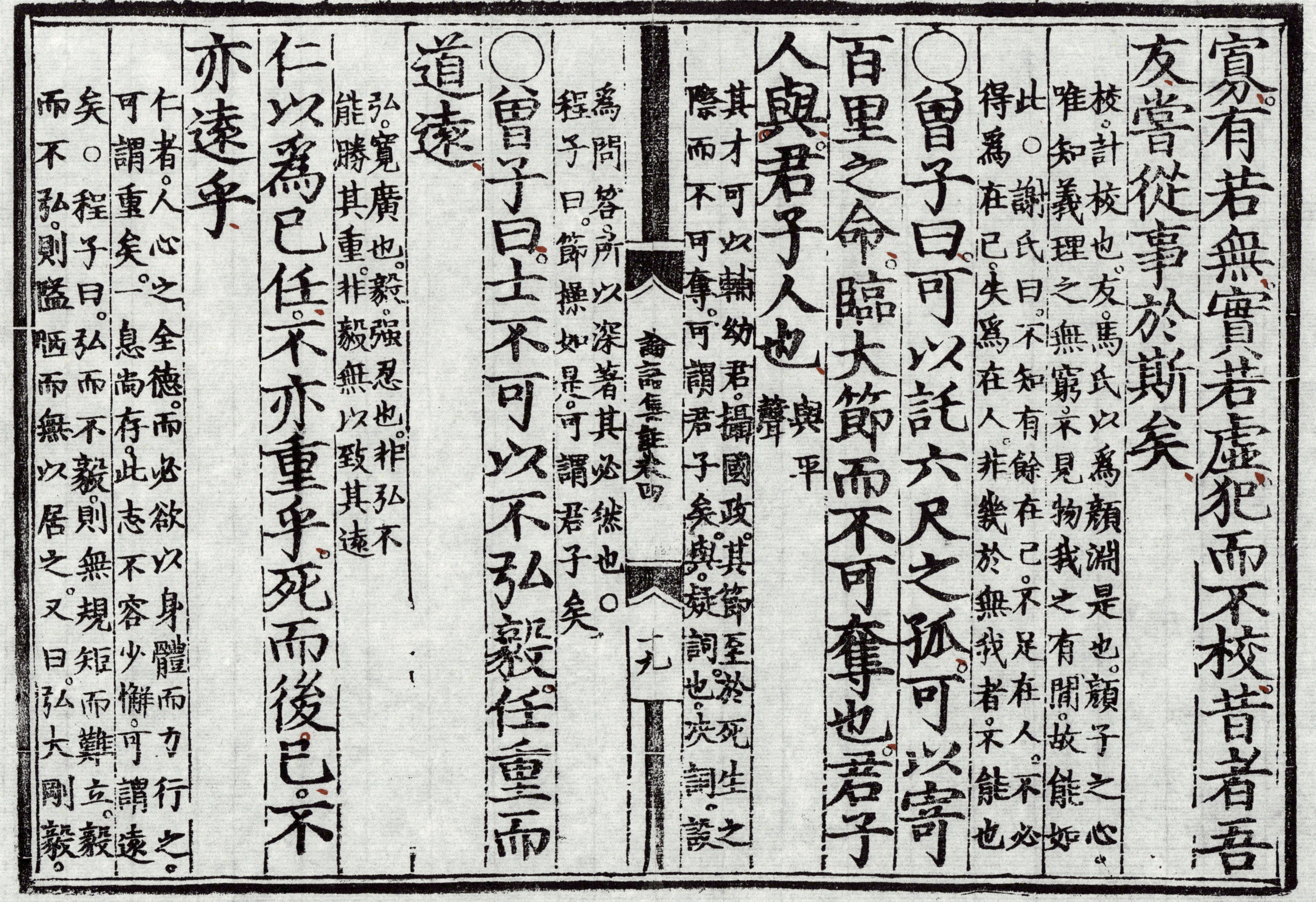
寡有若無實若虛犯而不校昔者吾友嘗從事於斯矣

校計校也友馬氏以爲顏淵是也顏子之心惟知義理之無窮不見物我之有間故能如此○謝氏曰不知有餘在己不足在人不必得爲在己失爲在人非幾於無我者不能也

○曾子曰可以託六尺之孤可以寄百里之命臨大節而不可奪也君子人與君子人也 與平聲

其才可以輔幼君攝國政其節至於死生之際而不可奪可謂君子矣與疑詞也決詞設爲問答所以深著其必然也○程子曰節操如是可謂君子矣

○曾子曰士不可以不弘毅任重而道遠

弘寬廣也毅強忍也非弘不能勝其重非毅無以致其遠

仁以爲己任不亦重乎死而後已不亦遠乎

仁者人心之全德而必欲以身體而力行之可謂重矣一息尚存此志不容少懈可謂遠矣○程子曰弘而不毅則無規矩而難立毅而不弘則隘陋而無以居之又曰弘大剛毅

然後能勝重任而遠到

○子曰興於詩

興起也。詩本性情有邪有正。其爲言旣易知。而吟詠之間抑揚反復其感人又易入。故學者之初。所以興起其好善惡惡之心而不能自已者必於此而得之

立於禮

禮以恭敬辭遜爲本。而有節文度數之詳可以固人肌膚之會筋骸之束。故學者之中。所以能卓然自立而不爲事物之所搖奪者必於此而得之

成於樂

樂有五聲十二律更唱迭和以爲歌舞八音之節。可以養人之性情而蕩滌其邪穢消融其查滓。故學者之終。所以至於義精仁熟而自和順於道德者必於此而得之是學之成也。○按內則。十歲學幼儀。十三學樂誦詩。二十而後學禮。則此三者非小學傳授之次。乃大學終身所得之難易先後淺深也。程子曰。天下之英才不爲少矣。特以道學不明。故不得有所成就。夫古人之詩。如今之歌曲。雖閭里童稚皆習聞之而知其說。故能興起。今雖老師宿儒尙不能曉其義。況學者乎。是不得興於詩也。古人自洒掃應對。以至冠昏喪祭。莫不有禮。今皆廢壞。是以人倫不明。治家無法。是不得立於禮也。古人之樂聲音所以養其耳。采色所以養其目。歌詠所以養其性情。舞蹈所以養其血脉。今皆無之。是不得成於

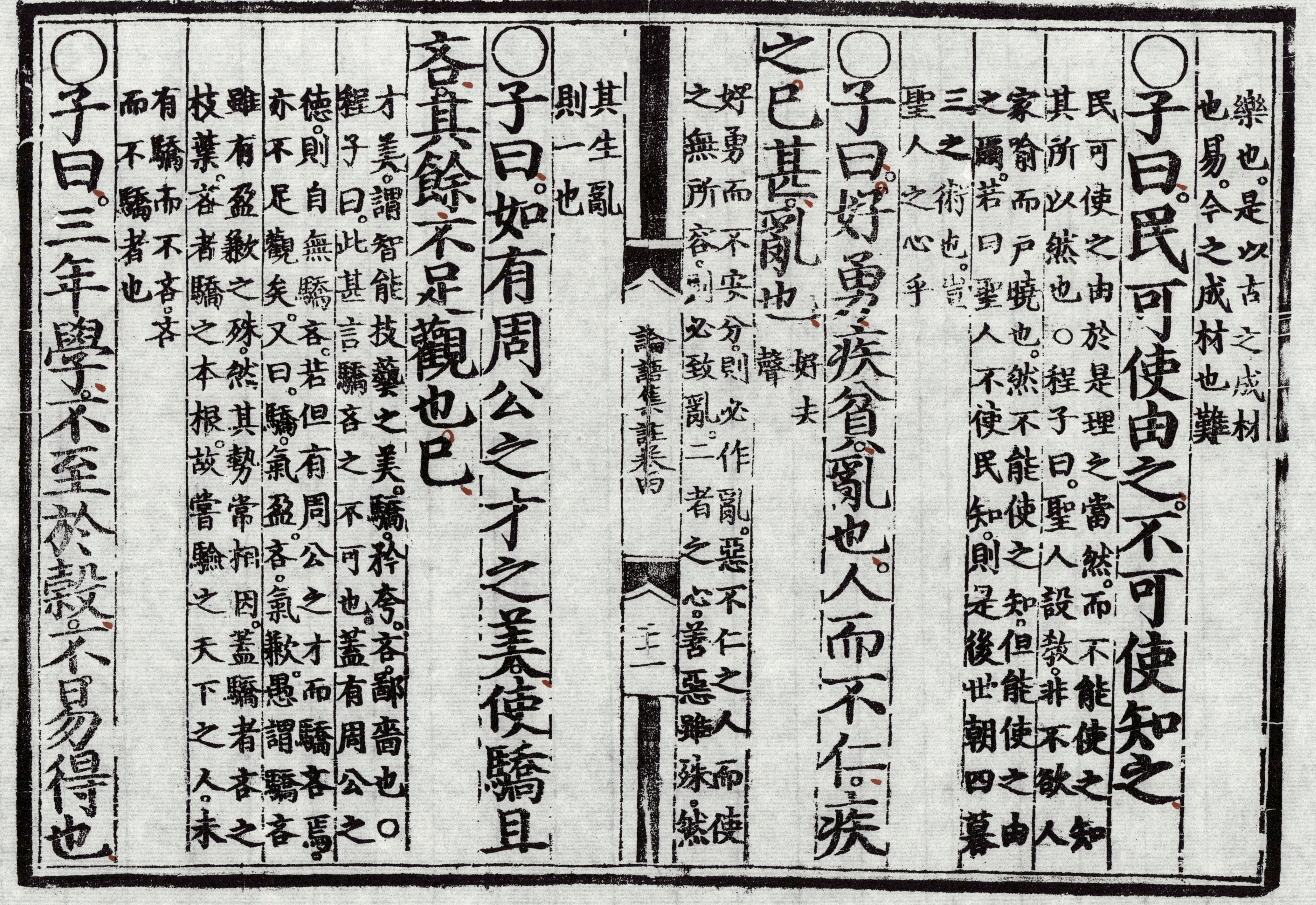

樂也。是以古之成材也易。今之成材也難

○子曰。民可使由之。不可使知之。

民可使之由於是理之當然。而不能使之知其所以然也。○程子曰。聖人設教。非不欲人家喩而戶曉也。然不能使之知。但能使之由之爾。若曰聖人不使民知。則是後世朝四暮三之術也。豈聖人之心乎

○子曰。好勇疾貧。亂也。人而不仁。疾之已甚。亂也。好去聲

好勇而不安分。則必作亂。惡不仁之人而使之無所容。則必致亂。二者之心。善惡雖殊。然

其生亂則一也

○子曰。如有周公之才之美。使驕且吝。其餘不足觀也已。

才美。謂智能技藝之美。驕。矜夸。吝。鄙嗇也。○程子曰。此甚言驕吝之不可也。蓋有周公之德。則自無驕吝。若但有周公之才而驕吝焉亦不足觀矣。又曰。驕。氣盈。吝。氣歉。愚謂驕吝雖有盈歉之殊。然其勢常相因。蓋驕者吝之枝葉。吝者驕之本根。故嘗驗之天下之人。未有驕而不吝。吝而不驕者也

○子曰。三年學。不至於穀。不易得也。

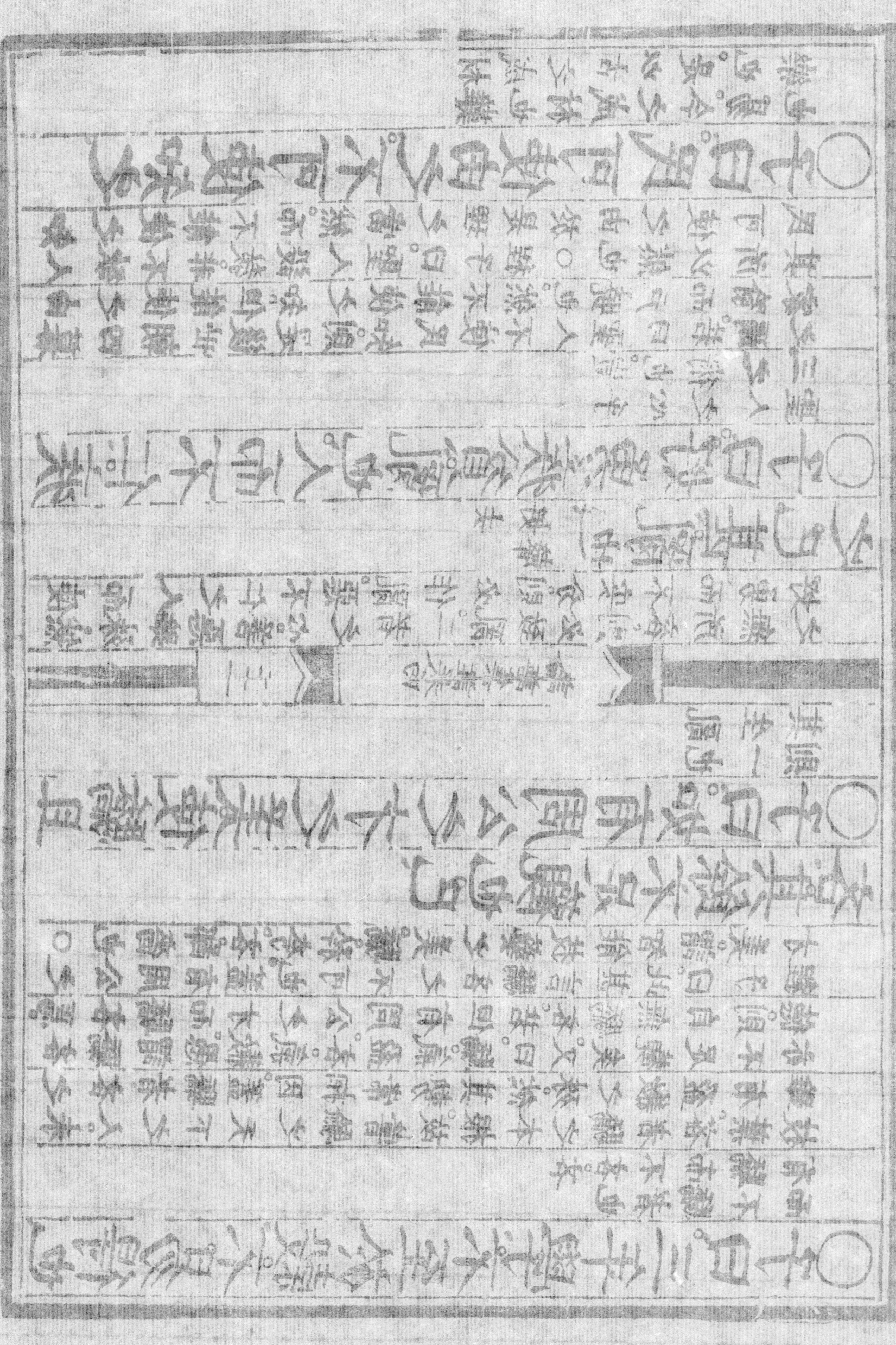

樂也。是以古之成材也易。今之成材也難。

○子曰。民可使由之。不可使知之。

民可使之由於是理之當然。而不能使之知其所以然也。○程子曰。聖人設教。非不欲人家喻而戶曉也。然不能使之知。但能使之由之爾。若曰聖人不使民知。則是後世朝四暮三之術也。豈聖人之心乎。

○子曰。好勇疾貧。亂也。人而不仁。疾之已甚。亂也。

好。去聲。好勇而不安分。則必作亂。惡不仁之人而使之無所容。則必致亂。二者之心。善惡雖殊。然其生亂則一也。

○子曰。如有周公之才之美。使驕且吝。其餘不足觀也已。

才美。謂智能技藝之美。驕。矜夸。吝。鄙嗇也。○程子曰。此甚言驕吝之不可也。蓋有周公之德。則自無驕吝。若但有周公之才而驕吝焉。亦不足觀矣。又曰。驕。氣盈。吝。氣歉。愚謂驕吝雖有盈歉之殊。然其勢常相因。蓋驕者吝之枝葉。吝者驕之本根。故嘗驗之天下之人。未有驕而不吝。吝而不驕者也。

○子曰。三年學。不至於穀。不易得也。

易，去聲。

穀，祿也。至，疑當作志。爲學之久，而不求祿，如此之人，不易得也。○楊氏曰：雖子張之賢，猶以干祿爲問，況其下者乎？然則三年學而不至於穀，宜不易得也。

○子曰：篤信好學，守死善道。好，去聲。

篤，厚而力也。不篤信，則不能好學；然篤信而不好學，則所信或非其正。不守死，則不能以善其道；然守死而不足以善其道，則亦徒死而已。蓋守死者篤信之效，善道者好學之功。

危邦不入，亂邦不居。天下有道則見，無道則隱。見，賢遍反。

君子見危授命，則仕危邦者無可去之義，在外則不入可也。亂邦未危，而刑政紀綱紊矣，故潔其身而去之。天下，舉一世而言。無道，則隱其身而不見也。此惟篤信好學、守死善道者能之。

邦有道，貧且賤焉，恥也；邦無道，富且貴焉，恥也。

世治而無可行之道，世亂而無能守之節，碌碌庸人，不足以爲士矣，可恥之甚也。○晁氏曰：有學有守，而去就之義潔，出處之分明，然後爲君子之全德也。

○子曰：不在其位，不謀其政。

程子曰：不在其位則不任其事也，若君大夫問而告者則有矣。

○子曰：師摯之始，關雎之亂，洋洋乎盈耳哉。摯音至。雎七余反。

師摯，魯樂師名摯也。亂，樂之卒章也。史記曰：關雎之亂以為風始。洋洋，美盛意。孔子自衛反魯而正樂，適師摯在官之初，故樂之美盛如此。

○子曰：狂而不直，侗而不愿，悾悾而不信，吾不知之矣。侗音通。悾音空。

侗，無知貌。愿，謹厚也。悾悾，無能貌。吾不知之者，甚絕之之辭，亦不屑之教誨也。○蘇氏曰：

天之生物，氣質不齊，其中材以下有是德則有是病，有是病必有是德，故馬之蹄齧者必善走，其不善者必馴，有是病而無是德，則天下之棄才也。

○子曰：學如不及，猶恐失之。

言人之為學，既如有所不及矣，而其心猶竦然，惟恐其或失之，警學者當如是也。○程子曰：學如不及，猶恐失之，不得放過。才說姑待明日，便不可也。

○子曰：巍巍乎，舜禹之有天下也，而不與焉。與，去聲。

巍巍，高大之貌。不與，猶言不相關，言其不以位為樂也。

○子曰。大哉堯之爲君也。巍巍乎唯天爲大。唯堯則之。蕩蕩乎民無能名焉。

唯。猶獨也。則。猶準也。蕩蕩。廣遠之稱也。言物之高大莫有過於天者。而獨堯之德能與之準。故其德之廣遠。亦如天之不可以言語形容也。

巍巍乎其有成功也。煥乎其有文章。

成功。事業也。煥。光明之貌。文章。禮樂法度也。堯之德不可名。其可見者此爾。○尹氏曰。天道之大。無爲而成。唯堯則之以治天下。故民無得而名焉。所可名者。其功業文章巍然煥然而已。

○舜有臣五人而天下治。治去聲

五人。禹、稷、契、皐陶、伯益。

武王曰。予有亂臣十人。

書泰誓之辭。馬氏曰。亂。治也。十人。謂周公旦、召公奭、太公望、畢公、榮公、太顚、閎夭、散宜生、南宮适。其一人謂文母。劉侍讀以爲子無臣母之義。蓋邑姜也。九人治外。邑姜治內。或曰。亂本作乿。古治字也。

孔子曰。才難。不其然乎。唐虞之際。於

斯爲盛有婦人焉九人而已

稱孔子者上係武王君臣之際記者謹之才難蓋古語而孔子然之也才者德之用也唐虞堯舜有天下之號際交會之間言周室人才之多惟唐虞之際乃盛於此降自夏商皆不能及然猶但有此數人爾是才之難得也

三分天下有其二以服事殷周之德其可謂至德也已矣

春秋傳曰文王率商之畔國以事紂蓋天下歸文王者六州荊梁雍豫徐揚也惟青兗冀尚屬紂耳范氏曰文王之德足以代商天與之人歸之乃不取而服事焉所以爲至德也

孔子因武王之言而及文王之德且與泰伯皆以至德稱之其指微矣或曰宜斷三分以下別以孔子曰起之而自爲一章

○子曰禹吾無間然矣菲飲食而致孝乎鬼神惡衣服而致美乎黻冕卑宮室而盡力乎溝洫禹吾無間然矣

間去聲菲音匪黻音弗洫呼域反

間罅隙也謂指其罅隙而非議之也菲薄也致孝鬼神謂享祀豐潔衣服常服黻蔽膝也以韋爲之冕冠也皆祭服也溝洫田間水道以正疆界備旱潦者也或豐或儉各適其宜

所以無罅隙之可議也。故再言以深美之。○楊氏曰。薄於自奉而所勤者民之事，所致飾者宗廟朝廷之禮。所謂有天下而不與也。夫何間然之有

論語卷之四

麻冕緇布冠也純絲也儉謂省約緇布冠以三十升布為之升八十縷則其經二千四百縷矣細密難成不如用絲之省約

拜下禮也今拜乎上泰也雖違眾吾從下

臣與君行禮當拜於堂下君辭之乃升成拜泰驕慢也○程子曰君子處世事之無害於義者從俗可也害於義則不可從也

○子絕四毋意毋必毋固毋我

絕無之盡者毋史記作無是也意私意也必期必也固執滯也我私己也四者相為終始起於意遂於必留於固而成於我也蓋意必常在事前固我常在事後至於我又生意則物欲牽引循環不窮矣○程子曰此毋字非禁止之辭聖人絕此四者何用禁張子曰四者有一焉則與天地為不相似楊氏曰非知足以知聖人詳視而默識之不足以記此

○子畏於匡

畏者有戒心之謂匡地名史記云陽虎曾暴於匡夫子貌似陽虎故匡人圍之

曰文王既沒文不在茲乎

道之顯者謂之文蓋禮樂制度之謂不曰道而曰文亦謙辭也茲此也孔子自謂

天之將喪斯文也後死者不得與於

斯文也。天之未喪斯文也，匡人其如予何。喪、與，皆去聲。

馬氏曰：「文王既沒，故孔子自謂後死者。言天若欲喪此文，則必不使我得與於此文；今我既得與於此文，則是天未欲喪此文也。天既未欲喪此文，則匡人其奈我何？」言必不能違天害己也。

○大宰問於子貢曰：「夫子聖者與？何其多能也？」大音泰。與，平聲。

孔氏曰：「大宰，官名。或吳或宋，未可知也。」與者，疑辭。大宰蓋以多能為聖也。

子貢曰：「固天縱之將聖，又多能也。」

縱，猶肆也，言不為限量也。將，殆也，謙若不敢知之辭。聖無不通，多能乃其餘事，故言又以兼之。

子聞之，曰：「大宰知我乎！吾少也賤，故多能鄙事。君子多乎哉？不多也。」

言由少賤故多能，而所能者鄙事爾，非以聖而無不通也。且多能非所以率人，故又言君子不必多能以曉之。

牢曰：「子云，『吾不試，故藝』。」

牢，孔子弟子，姓琴，字子開，一字子張。試，用也。言由不爲世用，故得以習於藝而通之。○吳氏曰：弟子記夫子此言之時，子牢因言昔之所聞有如此者，其意相近，故并記之。

○子曰：吾有知乎哉？無知也。有鄙夫問於我，空空如也，我叩其兩端而竭焉。叩，音口。

孔子謙言己無知識，但其告人，雖於至愚，不敢不盡耳。叩，發動也。兩端，猶言兩頭，言終始、本末、上下、精粗，無所不盡。○程子曰：聖人之教人，俯就之若此，猶恐衆人以爲高遠而不親也。聖人之道，必降而自卑，不如此則人不親；賢人之言，則引而自高，不如此則道不尊。

觀於孔子、孟子，則可見矣。尹氏曰：聖人之言，上下兼盡。即其近，衆人皆可與知；極其至，則雖聖人亦無以加焉，是之謂兩端。如答樊遲之問仁知，兩端竭盡，無餘蘊矣。若夫語上而遺下，語理而遺物，則豈聖人之言哉？

○子曰：鳳鳥不至，河不出圖，吾已矣夫！夫，音扶。

鳳，靈鳥，舜時來儀，文王時鳴於岐山。河圖，河中龍馬負圖，伏羲時出，皆聖王之瑞也。已，止也。○張子曰：鳳至圖出，文明之祥。伏羲、舜、文之瑞不至，則夫子之文章，知其已矣。

○子見齊衰者、冕衣裳者與瞽者，見

人，雖少必作；過之必趨。

齊，音咨。衰，七雷反。少，詩照反。○齊衰，喪服。冕，冠也；衣，上服；裳，下服。冕而衣裳，貴者之盛服也。瞽，無目者。作，起也。趨，疾行也。或曰：「少，當作坐。」○范氏曰：「聖人之心，哀有喪，尊有爵，矜不成人。其作與趨，蓋有不期然而然者。」尹氏曰：「此聖人之誠心，內外一者也。」

顏淵喟然歎曰：「仰之彌高，鑽之彌堅；瞻之在前，忽焉在後。

喟，苦位反。鑽，祖官反。○喟，歎聲。仰彌高，不可及。鑽彌堅，不可入。在前在後，恍惚不可為象。此顏淵深知夫子之道，無窮盡、無方體，而歎之也。

夫子循循然善誘人，博我以文，約我以禮。

循循，有次序貌。誘，引進也。博文約禮，教之序也。言夫子道雖高妙，而教人有序也。侯氏曰：「博我以文，致知格物也。約我以禮，克己復禮也。」程子曰：「此顏子稱聖人最切當處，聖人教人，惟此二事而已。」

欲罷不能，既竭吾才，如有所立卓爾。雖欲從之，末由也已。」

卓，立貌。末，無也。此顏子自言其學之所至也。蓋悅之深而力之盡，所見益親，而又無所用其力也。

其力也。吳氏曰。所謂卓爾。亦在乎日用行事之間。非所謂窈冥昏默者。程子曰。到此地位功夫尤難。直是峻絶。又大段著力不得。楊氏曰。自可欲之謂善。充而至於大。力行之積也。大而化之。則非力行所及矣。此顏子所以未達一間也。○程子曰。此顏子所以爲深知孔子而善學之者也。胡氏曰。無上事而喟然歎。此顏子學旣有得。故述其先難之故。後得之由。而歸功於聖人也。高堅前後。語道體也。仰鑽瞻忽。未領其要也。惟夫子循循善誘。先博我以文。使我知古今。達事變。然後約我以禮。使我尊所聞。行所知。如行者之赴家。食者之求飽。是以欲罷而不能。盡心盡力。不少休廢。然後見夫子所立之卓然。雖欲從之。末由也已。是蓋不怠所從。必求至乎卓立之地也。抑斯歎也。其在請事斯語之後。三月不違之時乎。

○子疾病。子路使門人爲臣。

夫子時已去位。無家臣。子路欲以家臣治其喪。其意實尊聖人。而未知所以尊也。

病間。曰。久矣哉。由之行詐也。無臣而爲有臣。吾誰欺。欺天乎。

間。如字。

病間。少差也。病時不知。旣差乃知其事。故言我之不當有家臣。人皆知之。不可欺也。而爲有臣。則是欺天而已。人而欺天。莫大之罪。引以自歸。其責子路深矣。

且予與其死於臣之手也。無寧死於

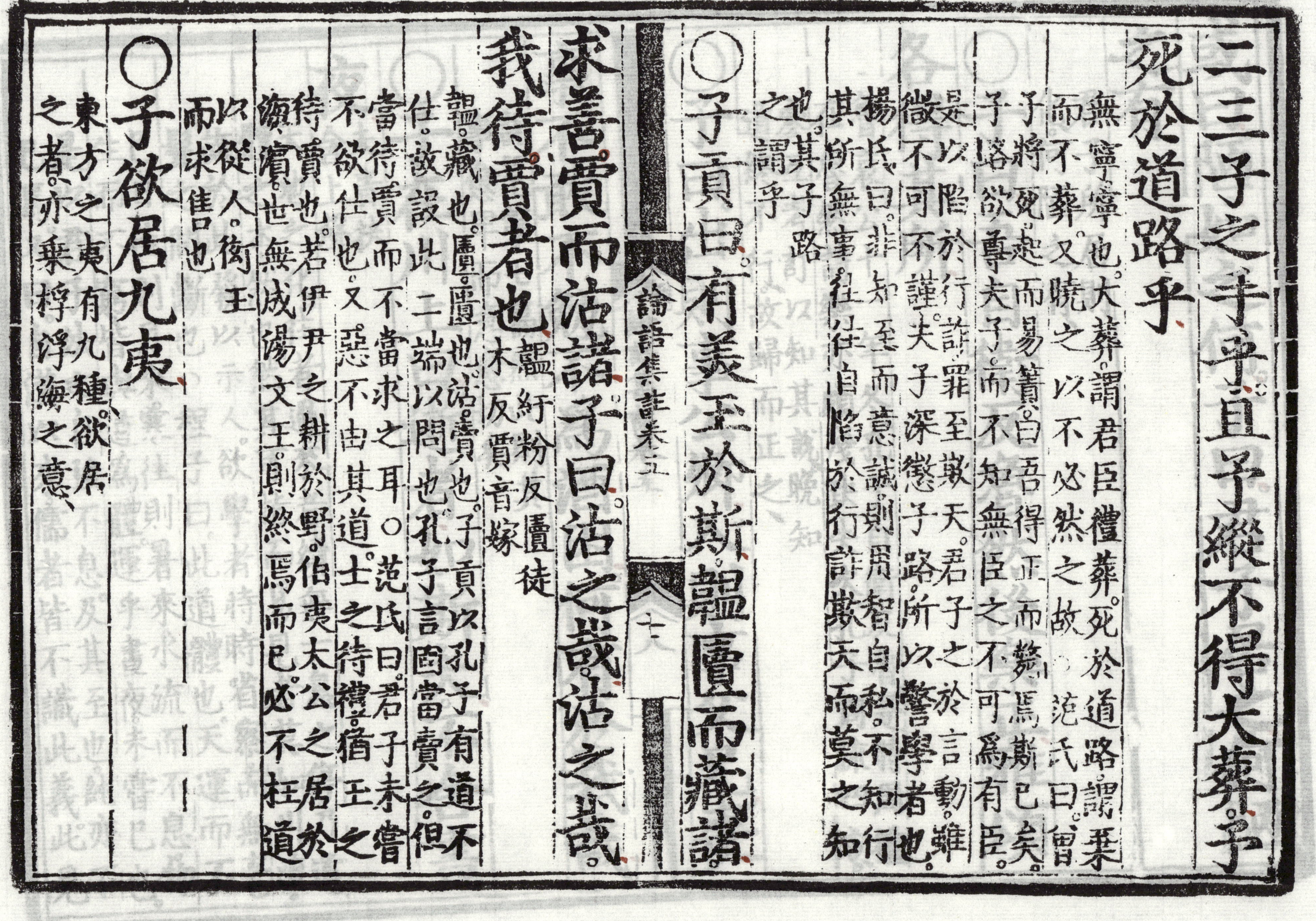

二三子之手乎。且予縱不得大葬，予死於道路乎。

無寧，寧也。大葬，謂君臣禮葬。死於道路，謂棄而不葬。又曉之以不必然之故。○范氏曰：曾子將死，起而易簀，曰：「吾得正而斃焉，斯已矣。」子路欲尊夫子，而不知無臣之不可為有臣，是以陷於行詐，罪至欺天。君子之於言動，雖微不可不謹。夫子深懲子路，所以警學者也。楊氏曰：非知至而意誠，則用智自私，不知行其所無事，往往自陷於行詐欺天而莫之知也。其子路之謂乎？

○子貢曰：有美玉於斯，韞匵而藏諸？求善賈而沽諸？子曰：沽之哉！沽之哉！我待賈者也。韞，紆粉反。匵，徒木反。賈，音嫁。

韞，藏也。匵，匱也。沽，賣也。子貢以孔子有道不仕，故設此二端以問也。孔子言固當賣之，但當待賈，而不當求之耳。○范氏曰：君子未嘗不欲仕也，又惡不由其道。士之待禮，猶玉之待賈也。若伊尹之耕於野，伯夷、太公之居於海濱，世無成湯、文王，則終焉而已，必不枉道以從人，衒玉而求售也。

○子欲居九夷。

東方之夷有九種。欲居之者，亦乘桴浮海之意。

或曰：陋，如之何？子曰：君子居之，何陋之有？

君子所居則化，何陋之有？

○子曰：吾自衛反魯，然後樂正，雅頌各得其所。

魯哀公十一年冬，孔子自衛反魯。是時周禮在魯，然詩樂亦頗殘闕失次。孔子周流四方，參互考訂，以知其說。晚知道終不行，故歸而正之。

○子曰：出則事公卿，入則事父兄，

喪事不敢不勉，不為酒困，何有於我哉？

說見第七篇，然此則其事愈卑而意愈切矣。

○子在川上曰：逝者如斯夫！不舍晝夜。

舍，上聲。天地之化，往者過，來者續，無一息之停，乃道體之本然也。然其可指而易見者，莫如川流。故於此發以示人，欲學者時時省察，而無毫髮之間斷也。○程子曰：此道體也。天運而不已，日往則月來，寒往則暑來，水流而不息，物生而不窮，皆與道為體，運乎晝夜，未嘗已也。是以君子法之，自強不息。及其至也，純亦不已焉。又曰：自漢以來，儒者皆不識此義。此見聖人之心，純亦不已也。純亦不已，乃天德也。有天德，便可語王道，其要只在謹獨。愚按：自此至篇終，皆勉人進學不已之辭。

聖人之心。純亦不已也。純亦不已。乃天德也。有天德便可語王道。其要只在謹獨。愚按自此至終篇。皆勉人進學不已之辭。

○子曰。吾未見好德如好色者也。好去聲

謝氏曰。好好色。惡惡臭。誠也。好德如好色。斯誠好德矣。然民鮮能之。○史記。孔子居衛。靈公與夫人同車。使孔子爲次乘。招搖市過之。孔子醜之。故有是言。

○子曰。譬如爲山。未成一簣。止。吾止也。譬如平地。雖覆一簣。進。吾往也。簣求位反。覆芳服反

簣。土籠也。書曰。爲山九仞。功虧一簣。夫子之言。蓋出於此。言山成而但少一簣。其止者吾自止耳。平地而方覆一簣。其進者吾自往耳。蓋學者自彊不息。則積少成多。中道而止。則前功盡棄。其止其往。皆在我而不在人也。

○子曰。語之而不惰者。其回也與。語去聲。與平聲

惰。懈怠也。范氏曰。顔子聞夫子之言。而心解力行。造次顚沛。未嘗違之。如萬物得時雨之潤。發榮滋長。何有於惰。此羣弟子所不及也。

○子謂顔淵曰。惜乎。吾見其進也。未

法語者，正言之也。巽言者，婉而導之也。繹，尋其緒也。法言人所敬憚，故必從；然不改，則面從而已。巽言無所乖忤，故必說；然不繹，則又不足以知其微意之所在也。○楊氏曰：法言若孟子論行王政之類是也。巽言若其論好貨好色之類是也。語之而不達，拒之而不受，猶之可也。其或喻焉，則尚庶幾其能改繹矣。從且說矣，而不改繹焉，則是終不改繹也已，雖聖人其如之何哉？

○子曰：主忠信，毋友不如己者，過則勿憚改。

重出，而逸其半。

○子曰：三軍可奪帥也，匹夫不可奪志也。

侯氏曰：三軍之勇在人，匹夫之志在己。故帥可奪而志不可奪，如可奪，則亦不足謂之志矣。

○子曰：衣敝縕袍，與衣狐貉者立，而不恥者，其由也與？

衣，去聲。縕，紆粉反。貉，胡各反。與，平聲。○敝，壞也。縕，枲著也。袍，衣有著者也，蓋衣之賤者。狐貉，以狐貉之皮為裘，衣之貴者。子路之志如此，則能不以貧富動其心，而可以進於道矣，故夫子稱之。

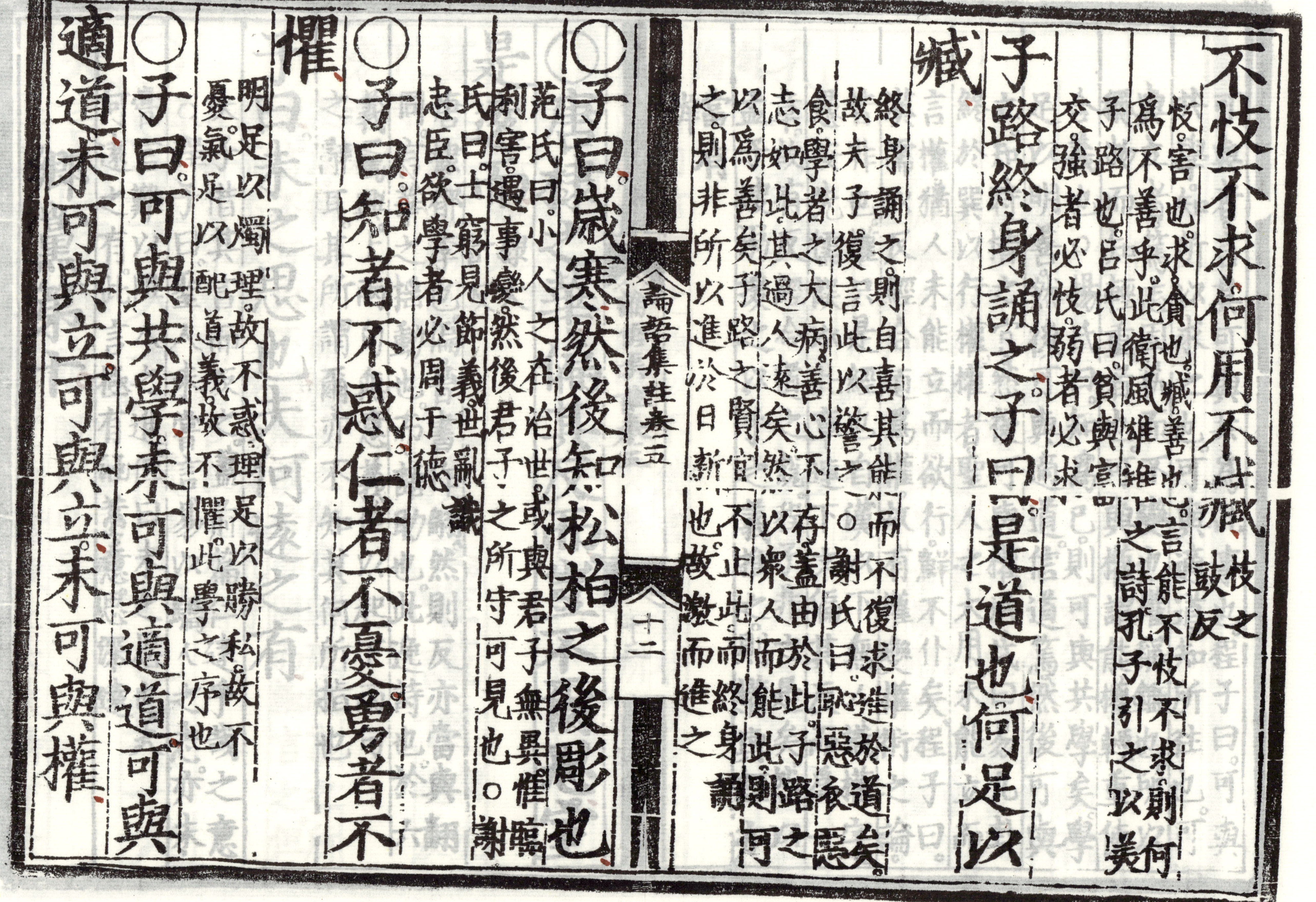

不忮不求何用不臧忮之豉反

忮害也求貪也臧善也言能不忮不求則何爲不善乎此衛風雄雉之詩孔子引之以美子路也呂氏曰貧與富交強者必忮弱者必求

子路終身誦之子曰是道也何足以臧

終身誦之則自喜其能而不復求進於道矣故夫子復言此以警之○謝氏曰恥惡衣惡食學者之大病善心不存蓋由於此子路之志如此其過人遠矣然以衆人而能此則可以爲善矣子路之賢宜不止此而終身誦之則非所以進於日新也故激而進之

○子曰歲寒然後知松柏之後彫也

范氏曰小人之在治世或與君子無異惟臨利害遇事變然後君子之所守可見也○謝氏曰士窮見節義世亂識忠臣欲學者必周于德

○子曰知者不惑仁者不憂勇者不懼

明足以燭理故不惑理足以勝私故不憂氣足以配道義故不懼此學之序也

○子曰可與共學未可與適道可與適道未可與立可與立未可與權

楊氏曰。聖人之所謂道者。不離乎日用之間也。故夫子之平日。一動一靜。門人皆審視而詳記之。尹氏曰。甚矣孔門諸子之嗜學也。於聖人之容色言動。無不謹書而備錄之。以貽後世。今讀其書。即其事。宛然如聖人之在目也。雖然。聖人豈拘拘而為之者哉。蓋盛德之至。動容周旋。自中乎禮耳。學者欲潛心於聖人。宜於此求焉。舊說凡一章。今分為十七節。

孔子於鄉黨。恂恂如也。似不能言者。

恂。相倫反。○恂恂。信實之貌。似不能言者。謙卑遜順。不以賢知先人也。鄉黨。父兄宗族之所在。故孔子居之。其容貌辭氣如此。

其在宗廟朝廷。便便言。唯謹爾。

朝。直遙反。下同。便。旁連反。○便便。辯也。宗廟。禮法之所在。朝廷。政事之所出。言不可以不明辯。故必詳問而極言之。但謹而不放爾。此一節。記孔子在鄉黨宗廟朝廷言貌之不同。

○朝。與下大夫言。侃侃如也。與上大夫言。誾誾如也。

侃。苦旦反。誾。魚巾反。○此君未視朝時也。王制。諸侯上大夫卿。下大夫五人。許氏說文。侃侃。剛直也。誾誾。和悅而諍也。

諍也

君在。踧踖如也。與與如也。踧子六反踖子亦反與平聲或如字

君在。視朝也。踧踖。恭敬不寧之貌。與與。威儀中適之貌。張子曰。與與。不忘向君也。亦通。○此一節記孔子在朝廷事上接下之不同也。

○君召使擯。色勃如也。足躩如也。擯必刃反躩驅若反

擯。主國之君所使出接賓者。勃。變色貌。躩。盤辟貌。皆敬君命故也。

揖所與立。左右手。衣前後。襜如也。襜赤占反

所與立。謂同爲擯者也。擯用命數之半。如上公九命。則用五人。以次傳命。揖左人。則左其手。揖右人。則右其手。襜。整貌。

趨進。翼如也。

疾趨而進。張拱端好。如鳥舒翼。

賓退。必復命曰。賓不顧矣。

紓君敬也。○此一節記孔子爲君擯相之容。

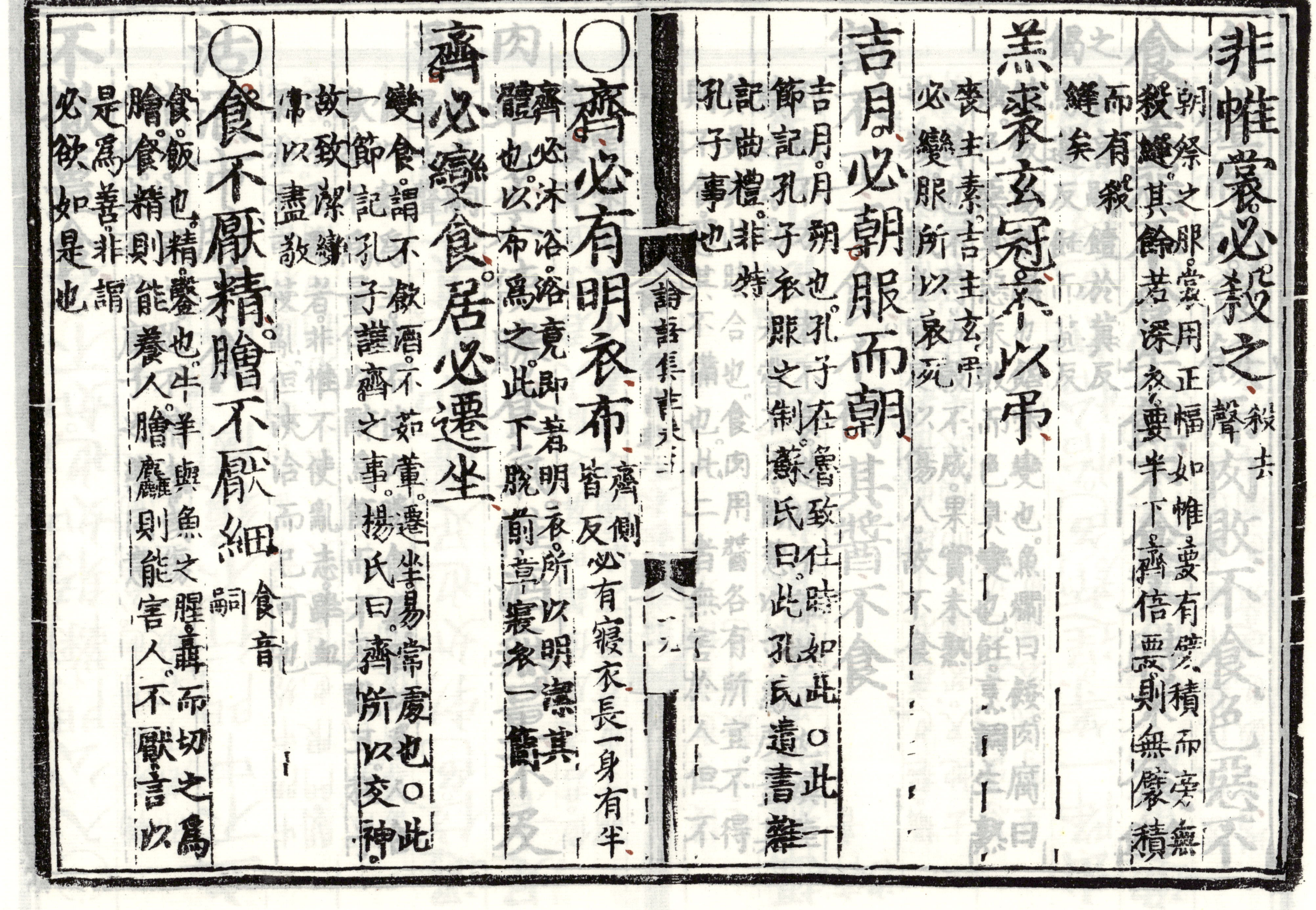

非帷裳，必殺之。殺，去聲。

朝祭之服，裳用正幅如帷，要有襞積，而旁無殺縫。其餘若深衣，要半下，齊倍要，則無襞積而有殺縫矣。

羔裘玄冠不以弔。

喪主素，吉主玄。弔必變服，所以哀死。

吉月，必朝服而朝。

吉月，月朔也。孔子在魯致仕時如此。○此一節，記孔子衣服之制。蘇氏曰：此孔氏遺書，雜記曲禮，非特孔子事也。

○齊，必有明衣，布。齊，側皆反。必有寢衣，長一身有半。

齊必沐浴，浴竟，即著明衣，所以明潔其體也，以布為之。此下脫前章寢衣一簡。

齊必變食，居必遷坐。

變食，謂不飲酒，不茹葷。遷坐，易常處也。○此一節，記孔子謹齊之事。楊氏曰：齊所以交神，故致潔變常以盡敬。

○食不厭精，膾不厭細。食音嗣。

食，飯也。精，鑿也。牛羊與魚之腥，聶而切之為膾。食精則能養人，膾麤則能害人。不厭，言以是為善，非謂必欲如是也。

和悅也。沒階，下盡階也。趨，走就位也。復位踧踖，敬之餘也。○此一節，記孔子在朝之容。

○執圭，鞠躬如也，如不勝。上如揖，下如授。勃如戰色，足蹜蹜如有循。勝，平聲。蹜，色六反。

圭，諸侯命圭。聘問鄰國，則使大夫執以通信。如不勝，執主器，執輕如不克，敬謹之至也。上如揖，下如授，謂執圭平衡，手與心齊，高不過揖，卑不過授也。戰色，戰而色懼也。蹜蹜，舉足促狹也。如有循，記所謂舉前曳踵。言行不離地，如緣物也。

享禮，有容色。

享，獻也。既聘而享，用圭璧，有庭實。有容色，和也。儀禮曰：「發氣滿容。」

私覿，愉愉如也。

私覿，以私禮見也。愉愉，則又和矣。○此一節，記孔子爲君聘於鄰國之禮也。晁氏曰：「孔子，定公九年仕魯，至十三年適齊，其間絕無朝聘往來之事。疑使擯執圭兩條，但孔子嘗言其禮當如此爾。」

○君子不以紺緅飾，紺，古暗反。緅，側由反。

君子，謂孔子。紺，深青揚赤色，齊服也。緅，絳色。三年之喪，以飾練服也。飾，領緣也。

紅紫不以爲褻服。

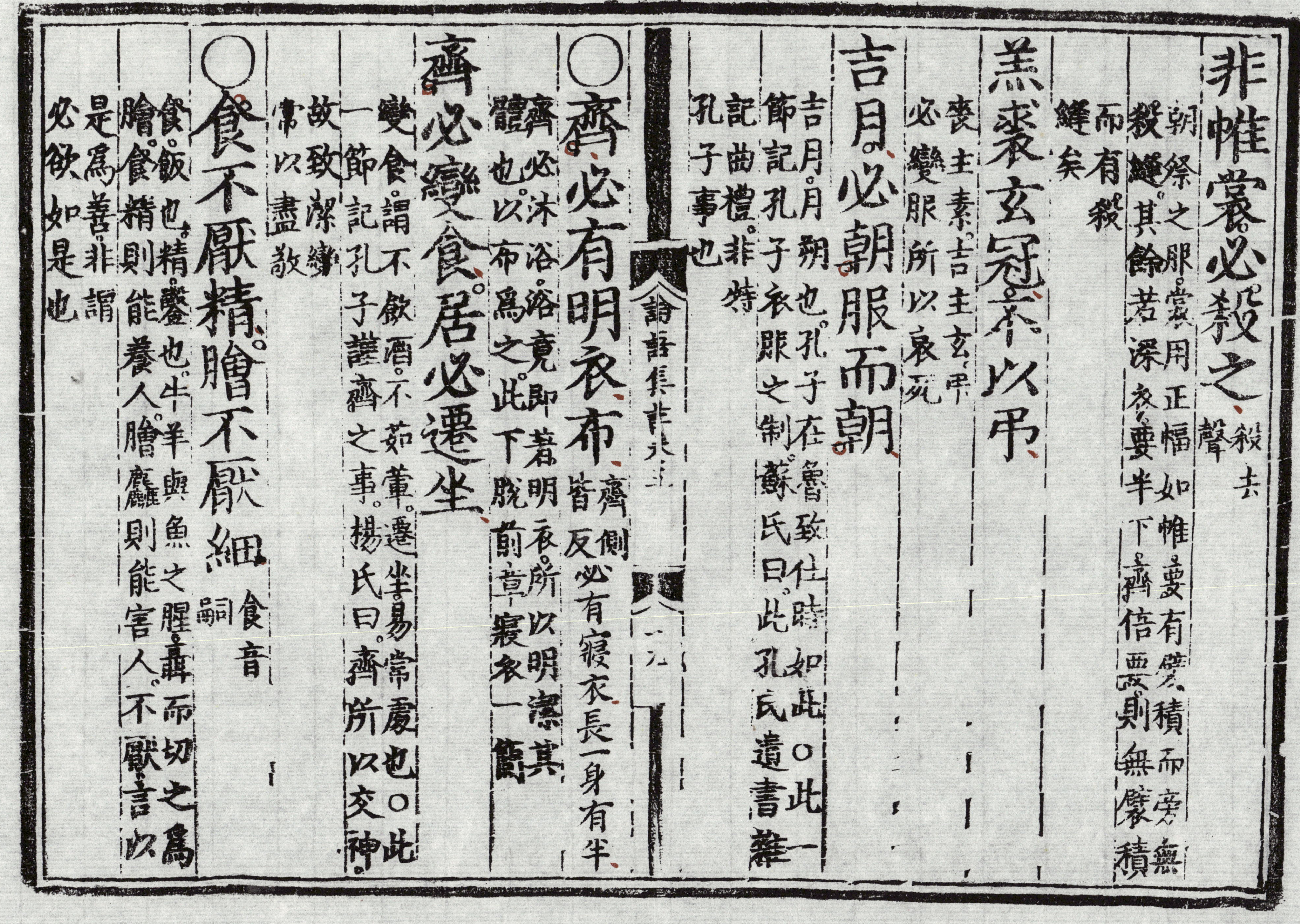

非帷裳必殺之。殺去聲

朝祭之服，裳用正幅如帷，要有襞積，而旁無殺縫。其餘若深衣，要半下，齊倍要，則無襞積而有殺縫矣。

羔裘玄冠不以弔。

喪主素，吉主玄。弔必變服，所以哀死。

吉月，必朝服而朝。

吉月，月朔也。孔子在魯致仕時如此。○此一節，記孔子衣服之制。蘇氏曰：此孔氏遺書，雜記曲禮，非特孔子事也。

○齊，必有明衣，布。齊側皆反

齊必沐浴，浴竟，即著明衣，所以明潔其體也。以布為之。此下脫前章寢衣一簡。

必有寢衣，長一身有半。

齊必變食，居必遷坐。

變食，謂不飲酒、不茹葷。遷坐，易常處也。○此一節，記孔子謹齊之事。楊氏曰：齊所以交神，故致潔變常以盡敬。

○食不厭精，膾不厭細。食音嗣

食，飯也。精，鑿也。牛羊與魚之腥，聶而切之為膾。食精則能養人，膾麤則能害人。不厭，言以是為善，非謂必欲如是也。

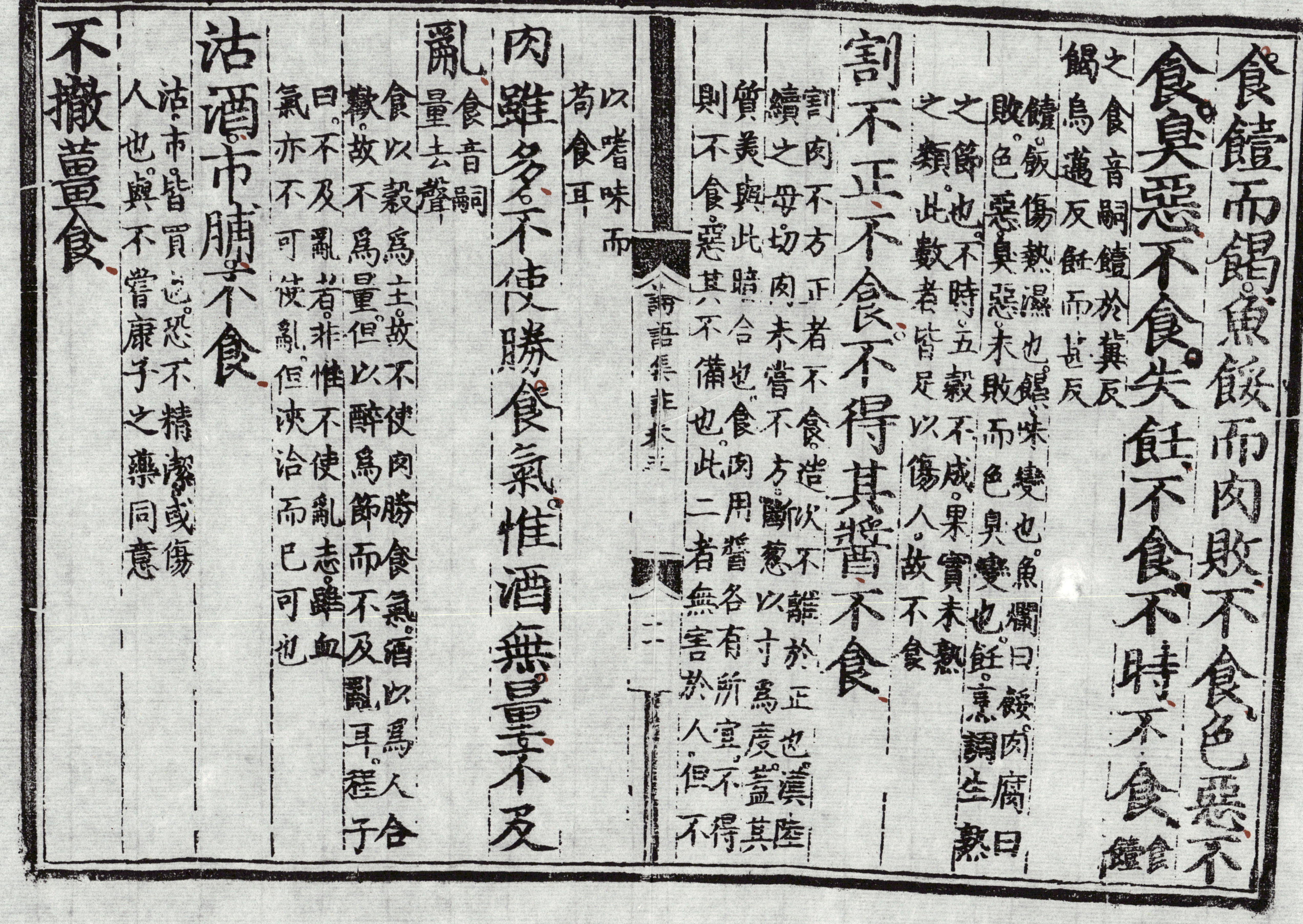

食饐而餲魚餒而肉敗不食色惡不食臭惡不食失飪不食不時不食

食饐之食音嗣饐於冀反餲烏邁反飪而甚反

饐飯傷熱濕也餲味變也魚爛曰餒肉腐曰敗色惡臭惡未敗而色臭變也飪烹調生熟之節也不時五穀不成果實未熟之類此數者皆足以傷人故不食

割不正不食不得其醬不食

割肉不方正者不食造次不離於正也漢陸續之母切肉未嘗不方斷葱以寸為度蓋其質美與此暗合也食肉用醬各有所宜不得則不食惡其不備也此二者無害於人但不以嗜味而苟食耳

肉雖多不使勝食氣惟酒無量不及亂

食音嗣量去聲

食以穀為主故不使肉勝食氣酒以為人合歡故不為量但以醉為節而不及亂耳程子曰不及亂者非惟不使亂志雖血氣亦不可使亂但浹洽而已可也

沽酒市脯不食

沽市皆買也恐不精潔或傷人也與不嘗康子之藥同意

不撤薑食

○入公門。鞠躬如也。如不容。

鞠躬。曲身也。公門高大而若不容。敬之至也。

立不中門。行不履閾。閾。于逼反

中門。中於門也。謂當棖闑之間。君出入處也。閾。門限也。禮。士大夫出入君門由闑右。不踐閾。謝氏曰。立中門。則當尊。行履閾。則不恪。

過位。色勃如也。足躩如也。其言似不足者。

位。君之虛位。謂門屏之間。人君宁立之處。所謂宁也。君雖不在。過之必敬。不敢以虛位而慢之也。言似不足。不敢肆也。

攝齊升堂。鞠躬如也。屏氣似不息者。齊。音咨

攝。摳也。齊。衣下縫也。禮。將升堂。兩手摳衣。使去地尺。恐躡之而傾跌失容也。屏。藏也。息。鼻息出入者也。近至尊。氣容肅也。

出。降一等。逞顏色。怡怡如也。沒階趨。進。翼如也。復其位。踧踖如也。

陸氏曰。趨下本無進字。俗本有之。誤也。○等。階之級也。逞。放也。漸遠所尊。舒氣解顏。怡怡。

和說也。沒，盡也。下，盡階也。趨，走就位也。復位踧踖，敬之餘也。○此一節，記孔子在朝之容。

○執圭，鞠躬如也，如不勝。上如揖，下如授。勃如戰色，足蹜蹜如有循。勝，平聲。蹜，色六反。

圭，諸侯命圭。聘問鄰國，則使大夫執以通信。如不勝，執主器，執輕如不克，敬謹之至也。上如揖，下如授，謂執圭平衡，手與心齊，高不過揖，卑不過授也。戰色，戰而色懼也。蹜蹜，舉足促狹也。如有循，記所謂舉前曳踵，言行不離地，如緣物也。

享禮，有容色。

享，獻也。既聘而享，用圭璧，有庭實。有容色，和也。儀禮曰：發氣滿容。

私覿，愉愉如也。

私覿，以私禮見也。愉愉，則又和矣。○此一節，記孔子為君聘於鄰國之禮也。晁氏曰：孔子定公九年仕魯，至十三年適齊，其間絶無朝聘往來之事。疑使擯執圭兩條，但孔子嘗言其禮當如此爾。

○君子不以紺緅飾，紺，古暗反。緅，側由反。

君子，謂孔子。紺，深青揚赤色，齊服也。緅，絳色。三年之喪，以飾練服也。飾，領緣也。

紅紫不以為褻服。

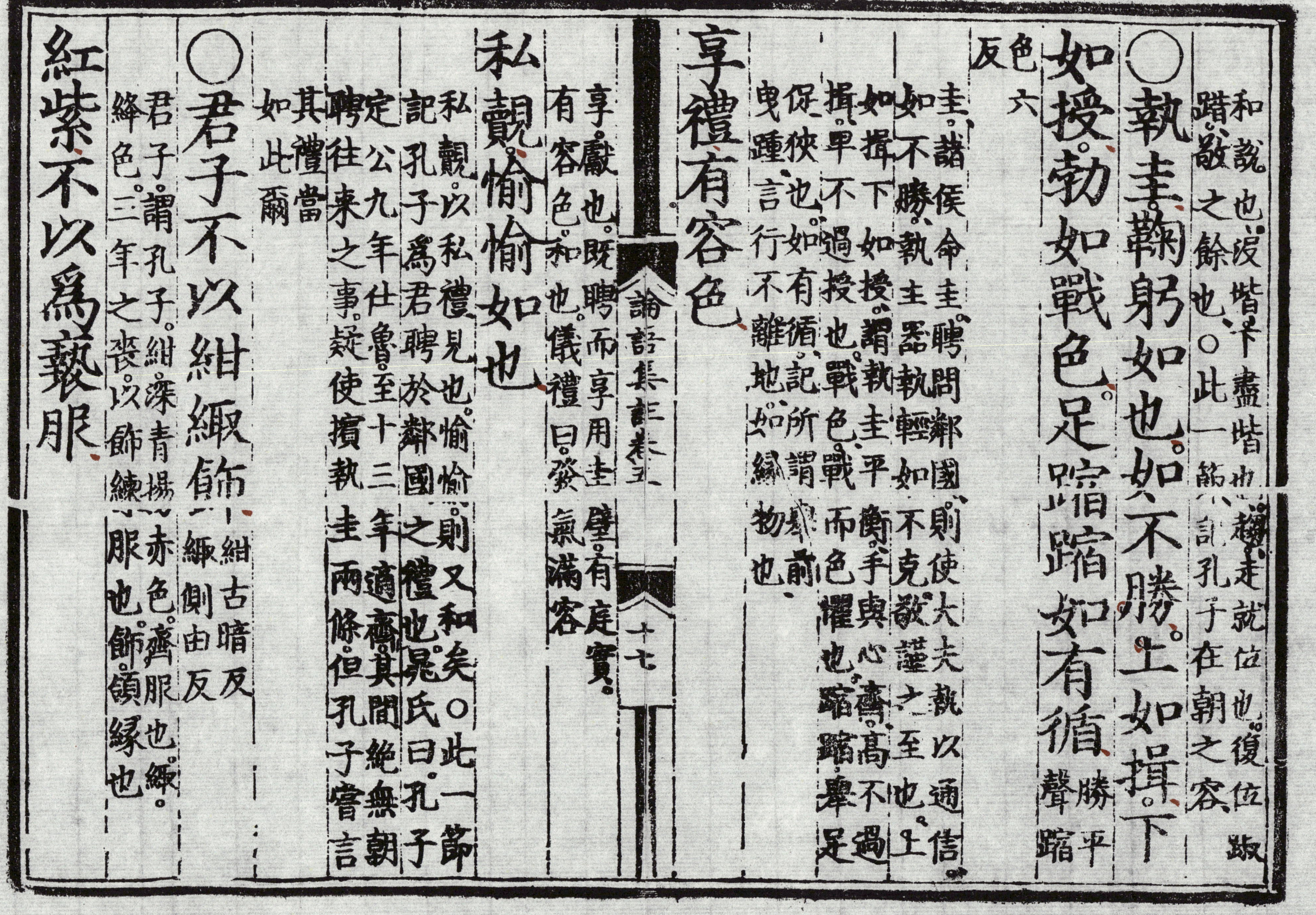

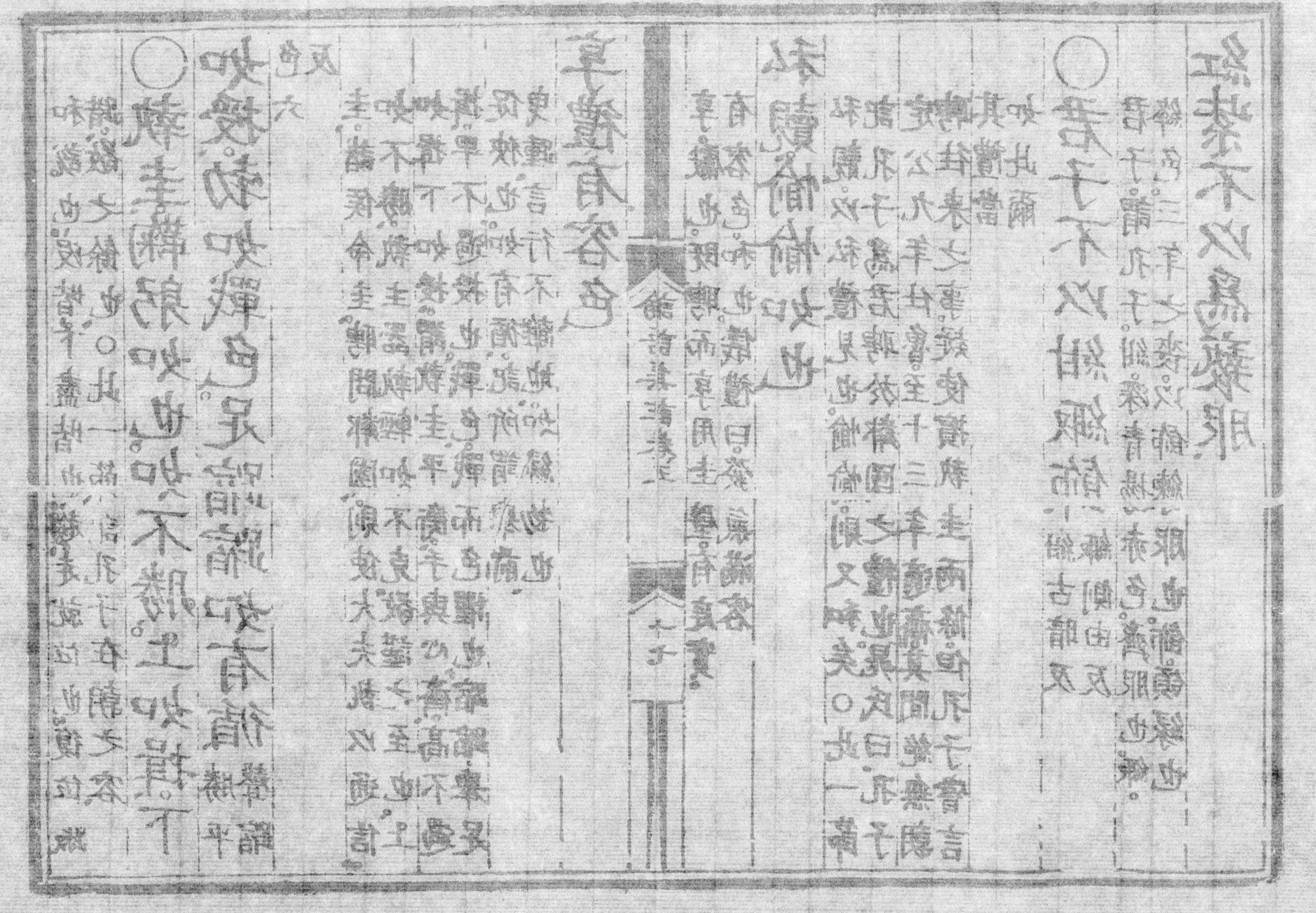

紅紫間色不正，且近於婦人女子之服也。褻服，私居服也。言此則不以爲朝祭之服可知。

當暑袗絺綌，必表而出之。

袗，單也。葛之精者曰絺，麤者曰綌。表而出之，謂先著裏衣，表絺綌而出之於外，欲其不見體也。詩所謂蒙彼縐絺是也。

緇衣羔裘，素衣麑裘，黃衣狐裘。 麑，研奚反。

緇，黑色。羔裘用黑羊皮。麑，鹿子，色白。狐色黃。衣以裼裘，欲其相稱。

褻裘長，短右袂。

長欲其溫。短右袂，所以便作事。

必有寢衣，長一身有半。 長，去聲。

齊主於敬，不可解衣而寢，又不可著明衣而寢，故別有寢衣。其半蓋以覆足。程子曰：「此錯簡，當在齊必有明衣布之下。」愚謂如此，則此條與明衣變食既得以類相從，而褻裘狐貉亦得以類相從矣。

狐貉之厚以居。

狐貉毛深溫厚，私居取其適體。

去喪無所不佩。 去，上聲。

君子無故玉不去身。觿礪之屬亦皆佩也。

薑通神明，去穢惡，故不撤。

不多食。

適可而止，無貪心也。

祭於公，不宿肉。祭肉不出三日。出三日，不食之矣。

助祭於公，所得胙肉，歸即頒賜，不俟經宿者，不留神惠也。家之祭肉，則不過三日，皆以分賜。蓋過三日，則肉必敗，而人不食之，是褻鬼神之餘也。但比君所賜胙，可少緩耳。

食不語，寢不言。

答述曰語，自言曰言。范氏曰：聖人存心不他，當食而食，當寢而寢，言語非其時也。楊氏曰：肺為氣主，而聲出焉，寢食則氣窒而不通，語言恐傷之也，亦通。

雖疏食菜羹，瓜祭，必齊如也。

食，音嗣。齊，側皆反。

陸氏曰：魯論瓜作必。○古人飲食，每種各出少許，置之豆間之地，以祭先代始為飲食之人，不忘本也。齊，嚴敬貌。孔子雖薄物必祭，其祭必敬，聖人之誠也。○此一節記孔子飲食之節。謝氏曰：聖人飲食如此，非極口腹之欲，蓋養氣體，不以傷生，當如此。然聖人之所不食，窮口腹者或反食之，欲心勝而不暇擇也。

非不愛馬，然恐傷人之意多，故未暇問。蓋貴人賤畜，理當如此。

○君賜食，必正席先嘗之。君賜腥，必熟而薦之。君賜生，必畜之。

食恐或餕餘，故不以薦。正席先嘗，如對君也。言先嘗，則餘當以頒賜矣。腥，生肉。熟而薦之祖考，榮君賜也。畜之者，仁君之惠，無故不敢殺也。

侍食於君，君祭，先飯。飯，扶晚反。

周禮，王日一舉，膳夫授祭，品嘗食，王乃食。故侍食者，君祭，則己不祭而先飯，若為君嘗食然，不敢當客禮也。

疾，君視之，東首，加朝服，拖紳。首，去聲。拖，徒我反。

東首，以受生氣也。病臥不能著衣束帶，又不可以褻服見君，故加朝服於身，又引大帶於上也。

君命召，不俟駕行矣。

急趨君命，行出而駕車隨之。○此一節，記孔子事君之禮。

○入太廟，每事問。重出

○朋友死，無所歸，曰：「於我殯。」

朋友以義合，死無所歸，不得不殯。

朋友之饋雖車馬非祭肉不拜

朋友有通財之義故雖車馬之重不拜祭肉則拜者敬其祖考同於己親也○此一節記孔子交朋友之義

○寢不尸居不容

尸謂偃臥似死人也居居家容容儀范氏曰寢不尸非惡其類於死也惰慢之氣不設於身體雖舒布其四體而亦未嘗肆耳居不容非惰也但不若奉祭祀見賓客而已申申夭夭是也

見齊衰者雖狎必變見冕者與瞽者

雖褻必以貌

狎謂素親狎褻謂燕見貌謂禮貌餘見前篇

凶服者式之式負版者

式車前橫木有所敬則俯而憑之負版持邦國圖籍者式此二者哀有喪重民數也人惟萬物之靈而王者之所天也故周禮獻民數於王王拜受之況其下者敢不敬乎

有盛饌必變色而作

敬主人之禮非以其饌也

迅雷風烈必變